Line

むら かみ りゅう
村上龍

張致斌 譯

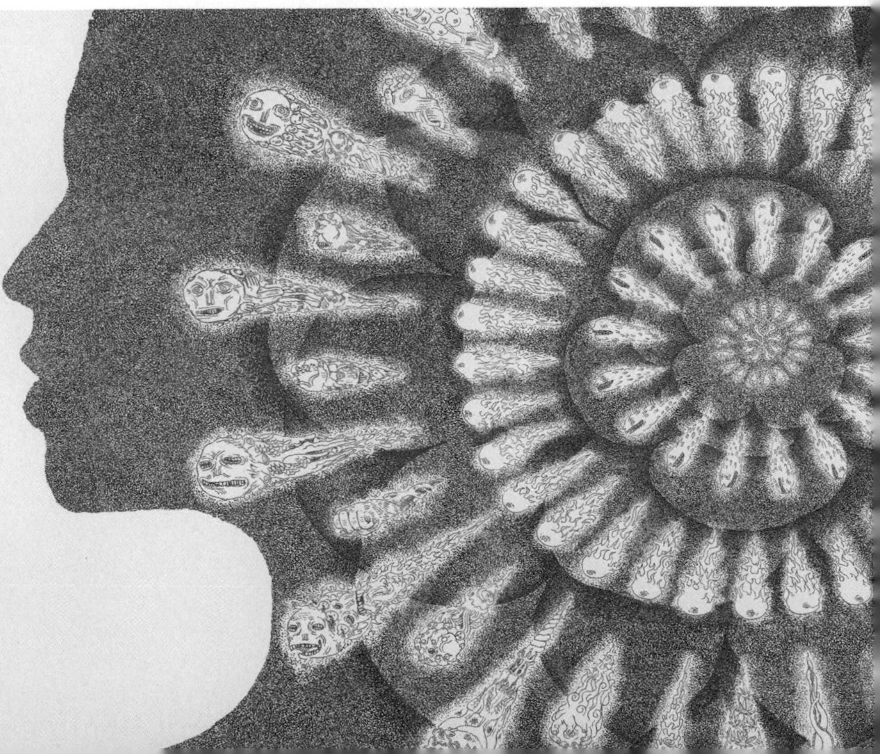

目次

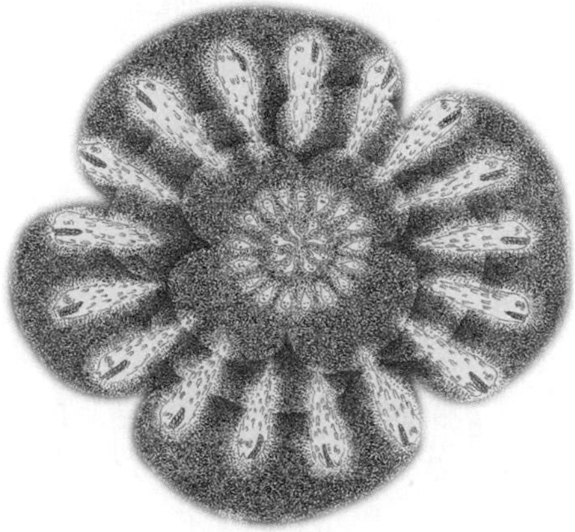

VOL 1

向井

向井久雄在傍晚六點多來到這家位於新宿副都心的摩天樓大飯店登記住房。儘管已經戴著墨鏡，一副與居家或上班時不同的打扮，但仍然深恐遭人撞見，進入大廳之後便一直左顧右盼，看看是否有認識的人。

向井今年三十四歲，在某影像銀行上班。這是一家向無甚名氣的攝影師或是一般大眾購買照片，去除著作權，再售予各媒體的公司。公司的負責人是一名四十多歲的女性，名爲望月明子。在影像銀行尚不多見的年代，由於身爲攝影師的丈夫去世，望月明子以此爲契機獨力創辦了公司。當時才剛過三十歲不久的她，就直接以丈夫原本居住的杉並區一間2DK公寓房作爲辦公室。

向井還在都內某私立大學就讀的時候，在攝影雜誌上看到望月明子刊登的「收購照片」小廣告，於是找上門去。這已經是十多年前的事情了。儘管向井只是個平凡私立大學文學系的平凡學生，可是國中的時候就開始喜歡玩相機，經常參加攝影雜誌所舉辦的比賽。而他也一直以半職業攝影師自居。

第一次與望月明子見面時的情形，向井至今仍然記憶猶新。「不對啊。」看了向井帶過去的近五十張正片以及近百張黑白相片，望月明子這麼說。不是「好」或者「不好」，而是被說成「不對」，向井立刻反問：「不對是什麼意思？」畢竟向井對於自己的作品也有相當的感情，被說成「不對」，一來有些生氣，同時也受到了打擊。

「我的意思並不是指你沒有才華或者照片拍得很糟，可是呢，這些東西不對，換個方式說，我們不需要藝術照片，要的是可以用來製作風景明信片或者月曆的照片，而且那也只是一般的明信片而已，並不是藝術明信片。」

而後，向井便開始拍攝被雨打溼的紫陽花、空無一人的公園、橫濱港的風景等等，帶去望月明子的公司，也曾售出一些作品。到了面臨畢業可是尚未找到出路的四年級秋天，望月明子問向井，要不要去她的公司上班試試。

「如果進入一般的公司，你大概很難有機會摸相機吧？來我們這裡的話，雖然沒有多高的薪水，可是隨時都在接觸照片，而且我認爲也相當有發展的潛力，更重要的是，我覺得你對於照片還挺有眼光的。」

於是，向井就這麼進了望月明子的公司。對於照片還挺有眼光這種說法，似乎也含有並沒有拍照才華的意思，多少令向井有些不快，可是他也認爲人家說的沒錯。身邊都是照片確實是樂事一件，未來有發展潛力這種判斷也完全正確。尤其是自八〇年代末期進入九〇年代之後，泡沫經濟崩壞，廣告業界開始盡量避免找大牌攝影師專程拍攝，原本只有向井一人的員工隨之逐漸增加，公司也遷往南青山的公寓大樓。

四年前，公司開始急速成長的時候，向井娶了一個工作上往來的小姐。某家中堅廣告代理商的粉領族，比向井小一歲，名叫長野眞紀。對於結婚一事，望月明子並沒有反對，卻也沒有積極表示贊成，只是曾多次告誡向井，眞紀有問題。對向井而言，這幾乎可以算是初戀，而且長野眞紀的姿色出眾，相攜走在路上或是去酒吧都會引起其他男人回頭張望。蜜月去了澳洲，之後貸款在郊外買了大樓公寓定居。

到了今年，眞紀表明再也無法忍受。向井起初還以為是自己每個月一次的「找樂子」東窗事發。過去，望月明子曾經提醒向井注意，自那之後，向井就自行決定每個月去找風塵女郎玩一次。

「向井，你的個性老實，這一點其實相當不錯，可是該怎麼說呢，過分老實的話，反而會顯得邋遢噢。」

當時談的是有關「性」的話題。向井明白望月明子的意思。算起來，他是個內向的人，很不容易結交朋友，對一切都看得很淡，凡事都怕麻煩。只要能接觸照相機、底片，還有相紙就好，其他都無所謂。於是乎，他開始每個月去找風塵女郎玩一次。風塵女子討厭邋遢的男人，一副窮酸樣也會被她們瞧不起。由於每個月去「玩」一次的緣故，向井洗澡的次數變得比以往多，變得經常上理髮廳，西裝的款式也開始增加。還有就是，與異性談話的技巧進步了。因為他已經學會，面對異性的時候非得放輕鬆不可。

剛開始，向井主要利用的是泰國浴以及美容護膚店。每個月挪出二至三萬作為「遊樂費」，對他而言並不是什麼難事，只要少買些底片或器材即可。何況隨著公司的成長，望月明子持續調薪，向井的收入也變得相當優渥。剛結識眞紀的時候，也就是公司的業務隨著泡沫經濟崩壞同時能夠處理影像的電腦變得普及而日益繁忙的時候，向井讓自己的「找樂子」升級了。在都市飯店（City Hotel）過夜，然後找應召女郎過去。

婚後這種「找樂子」並未終止。眞紀的姿色遠遠超過那些風塵女郎，教養又好，可以聊的話題也很廣。可是，似乎有種難以接近之處，爲什麼這樣一個女人會想要嫁給自己，這個疑問向井百思不得其解。

「眞紀這女孩有問題。」

雖然望月明子只是這麼說而已，可是結婚一段時間之後，種種流言開始傳進向井耳朵裡。眞紀一直是某名人的情婦，由於最近遭到拋棄，才會選了個容易處理的男人結婚；身爲關西一個資產家庭長女的眞紀在大學時代就與某名人發生不倫關係，若是這樣下去的話，到了繼承遺產的時候可能會處於不利地位，於是暫時結束，先找個無名小卒結婚；眞紀一直是某名人的情婦，純粹只是爲了讓對方吃醋，才會隨便找男人結婚，可是直到現在都還與那名人藕斷絲連……雖然那個名人對象或說是政治人物或說是實業家，但是內容大致相同。

初識的時候，眞紀二十九歲，向井心裡想的就只有「聽說貌美而又工作幹練的女人一定晚婚，看來好像是眞的啊」這類的事情而已。開始聽到有關眞紀的流言蜚語時，惡作劇電話明顯增加了。打到家裡的電話，只要是向井去接，對方就會立刻掛斷。終於，眞紀另外申裝了一線自己專用的電話，禁止向井接聽。由於眞紀是關西資產家庭千金一事的確屬實，所以她自己有獨立的銀行戶頭，隨時都可以隨性買衣購物。

這樣的婚姻不可能會順利走下去，以望月明子爲代表的親朋好友都這麼認爲，可是向井呢，一來自己也搞不清楚所謂婚姻會順利走下去究竟是怎麼回事，儘管心中一直對眞紀存有疑問，卻也只是維持每個月一次的「找樂子」，其餘心力都投注在日益繁忙的工作上，並沒有考慮離婚。再說眞紀打從相識之初就顯得強勢，只要發生齟齬，主導權多半掌握在她手上。爭吵的時候，眞紀必定有所準備，向井對此的反應只是一味地忍耐而已，唯獨某個主題無法忍受，就是指責向井與望月明子有染。由於向井對於望月明子心懷敬意，所以這種質疑是他絕對無法接受的。

眞紀的個性中帶有一點歇斯底里的傾向，故意找碴吵嘴的時候，必定會持續好幾個小時。向井曾多次找望月明子談論此事。

「這實在是傷腦筋啊。」

「可是我已經習慣了。」

「你的神經可眞大條。」

「這種情形，還是我有生以來第一次遇到。」

「什麼意思？」

「過去我從來不曾與人起爭執，我老爸、老媽，還有弟弟，全都溫和老實，而且我原本話就很少，所以一開始還認爲她朝氣蓬勃，應該可以讓我也變得有活力，直到現在，我多少還是會這麼認爲。」

「好吧，反正我也沒親眼看過那種時候的眞紀，沒辦法說些什麼，可是我之前就曾經聽說，她是個令人摸不透的女孩，眞的想說的事情都閉著嘴巴隱藏起來，雞毛蒜皮的小事卻會莫名其妙搬出來吵嘴，這是她的老毛病，不知道是不是比較敏感，總之就是個性比較激烈，雖然也有種種流言，可是在你們結婚之前我就說她有問題，指的並不是那些流言噢，這一點你明白嗎？」

「這我明白，可是就連那些流言，對我來說都是個陌生的世界。」

「怎麼說陌生？」

「好比有錢人啦名人啦，不都是我不了解的嗎？」

「難道你不會在意嗎？已經爲人妻子，卻裝了自己的專用電話，這怎麼看都不太正常吧。」

「也不知道怎麼回事，她懷疑我跟妳之間有什麼曖昧。」

「這是出自嫉妒，嫉妒任何你可能獲得的愛，怎麼了？」

「什麼怎麼了？」

「當她越來越討厭你，到了無法忍受的時候，有可能會變得歇斯底里而攻擊你噢。」

「眞是的，越說我越糊塗了。」

「你還在繼續那種『找樂子』對吧？」

「是啊，而且有時候還覺得自己似乎挺受歡迎的。」

「要是東窗事發就慘了。」

「我不認爲會東窗事發，她總是只顧說自己的，似乎對我的事情並沒有多大興趣。」

「不管怎麼說，還是考慮考慮比較好，畢竟那並不是正經的行爲，而且不知道接下來會發生什麼事情。」

果眞被望月明子料中了。到了今年，眞紀提出離婚的要求。想要知道理由，她卻只是一再表示已經無法忍受下去而已，根本問不出所以然。不久之後律師登場，要將向井逐出公寓住處。望月明子認爲這件事情怎麼看都不對勁，提出諸多建議，但是向井並沒有與眞紀和律師對抗的意思。唯一痛苦的是，與眞紀分居。雖然在公司附近找了間便宜的公寓套房搬過去自己一個人住，可是沒多久大家都認爲他看起來變老了。身邊照例充斥各種流言，好比那個名人決定奪回眞紀；眞紀去找那個名人哭訴，說要離開先生，再像以前一樣來往，而那名人則表示除非眞紀離婚，否則免談。

向井打了好幾百次電話給眞紀，但都立刻被掛斷。最後，那一線電話也退租了。眞紀專用電話的號碼，向井並不知道。分居兩個月後，在望月明子的強烈建議下，向井也請了律師。目前雙方的律師正就贍養費事宜進行協商。眞紀的律師聽說是法界一號相當知名的人物。向井的律師呢，卻是個抱怨「如果知道太太通話的對象或是內容就好了」不下數十次的平凡人。向井認爲自己這邊並沒有勝算。可是在持續分居的情況下，向井心裡卻逐漸對於「眞紀究竟與什麼人通電話」產生了強烈的興趣。這是一個與「眞紀這個女人究竟是何方神聖」類似，渴望得到解答的疑問。

完成住房登記，帶著簡單的行囊進入房間，喝著啤酒等待夜色降臨，向井連絡SM俱樂部叫了女人。向井是在大約三年前開始光顧SM俱樂部。雖然不能性交，但是向井認爲這是抒發與眞紀共同生活而逐漸扭曲的感情的最佳方式。

透過飯店的窗戶，可以看到在燈光下浮現的都廳灰色外牆。覺得自己的心態有些像是向井母親的望月明子，一直很想具體了解一下「找樂子」是怎麼回事。

「SM？」

「嗯，最近哪，我覺得那實在是很有意思。」

「是指用鞭子抽打那種嗎？」

「不，我的情況是使用語言，而不是追求疼痛。」

「這豈不是爲了討回在眞紀那裡吃的虧嗎？」

「搞不好眞是這樣。」

女人到了。風塵女郎，大多身穿套裝或洋裝被送到飯店來。沒有牛仔褲配毛衣這類打扮的女人。或許是喜歡正式打扮的客人比較多的緣故吧。可是，幾乎找不到適合穿套裝或洋裝的女人。

這個女人身穿粉紅色套裝，細瘦、眼神飄忽。拿出啤酒招待，她便一言不發非常緩慢地只喝了一公分。

讓她去沖了澡，然後將她赤身裸體以坐姿綁在沙發上，雙腿大開。向井喜歡讓女人維持這種姿勢然後跟她談話。有的女人非常害羞，有的則否。不過向井並不在乎這些。俯視在人前擺出最猥褻姿勢的女人，邊撫觸對方各個部位邊談話，最後再要求以手或是嘴來幫忙射精，這樣就好了。

「什麼時候開始做這種事情的？」

「SM嗎？」

「那還用問啊。」

「兩年前。」

「遇到過各種變態吧？」

「是啊。」

「什麼樣的最厲害?」

「是指客人嗎?」

「沒錯。」

「有一個人,就算我想忘掉都忘不了,而且是個女人。」

「女人?」

「嗯,有點,該怎麼說呢,有點詭異。」

「是個變態嗎?」

「要求的服務就是女同志那一套,可是呢,她說可以看得到、聽得見電線。」

「什麼?」

「嗯,那個人說的是線(Line),自從某個時候開始,對了,錄放影機或者電視不都連接有訊號線嗎?只要看著那個就行,不是有電子訊號在那種電線裡面傳輸嗎?她說可以從那裡清楚看見影像,即使並沒有看著電視螢幕。」

「騙人的吧。」

「可是啊,服務結束後,公司來電,那個人離電話很遠,只是直盯著聽筒的線,我們老闆講了些什麼,她全都說對,一字一句,完全正確,她還說,因爲可以看得到、聽得見線路,自己好像快發瘋了。」

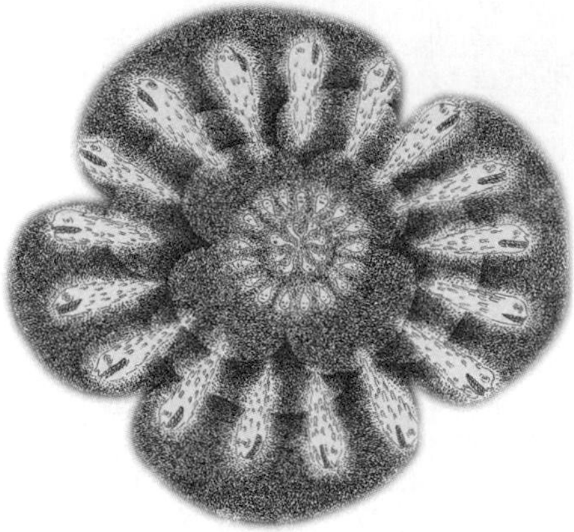

VOL 2

順子

向井一時說不出話來。若是眞有這種女人存在，搞不好就可以知道眞紀究竟與什麼人說了些什麼。

向井決定延長鐘點，於是邊看著時間心裡邊盤算，以污穢高壓的語言和按摩棒攻擊女人，將近一個小時之後在女人嘴裡射精，接下來，打算詢問遇見那讀線者的奇妙經驗。將含住向井的性器時，女人提出戴保險套的要求。平時總是會就這一點與SM俱樂部的女郎稍微爭執一下的向井，今晚卻一聲不吭，依照女人的要求戴上了保險套。

「嘿，妳叫什麼名字？」

性戲結束，女人去沖了個澡出來，向井問道。

「我叫小惠。」

裹著浴巾的女人這麼回答，肩頭上還沾有淋浴的飛沫。

「請問，遊戲已經結束了嗎？」

「嗯，妳可以換衣服了。」

「那，既然沒有要延長時間，我就得跟公司連絡一下才行。」

「別急，稍微休息一下再開始，我會付兩個鐘點的費用。」

聽向井這麼說，女人先是一臉訝異，接著表示知道了，便開始著裝。拉掉浴巾，絲毫不會遮遮掩掩，再一次仔細擦拭身體，先穿上胸罩。

「現在是不是流行不穿絲襪啊？」

麻桿腿女人正要穿上內褲時，向井找了個話題。因爲向井打算盡量讓對方放輕鬆，以便打聽那個可以將線路中流動的電子訊號化爲聲音與影像來接收的人的事情。畢竟有些從事性產業的女人不喜歡談論客人的事情。

「好像是在流行。」

女人邊穿著褲襪邊說，語氣顯得有些疑惑，不知這是怎麼回事。

「一來現在也並沒有那麼冷，所以還不時可以看到素足的女孩。」

「是啊。」

「那個，不好意思，妳叫什麼名字？我又忘了。」

女人苦笑，回答說叫小惠。

「眞的很不好意思，我並不是經常忘記小姐名字的。」

「大哥，你經常出來玩喔？」

「沒有啦，每個月一次而已。」

「常出來玩的人，很容易就會把小姐的名字搞混。」

「每個月一次應該算不上經常玩吧。」

「說的也是。」

女人穿上粉紅色裙子，拉起腰部的拉鍊，表示想要去吹整一下頭髮。「喔，請便。」向井點點頭，接著又朝走向浴室的女人說道：「如果肚子餓了的話，我叫客房服務送點東西過來。」

「什麼？要叫客房服務？」

「嗯，如果妳肚子餓了的話。」

「是有一點。」

女人摸著非常瘦的肚子微微一笑，顯得有些難爲情。那微笑令向井爲之心動。因爲他難得見到異性的那種微笑。眞紀從來沒有對向井露出那種笑容。開心與羞澀完美混合的笑容。過去，向井幾乎可以說是與異性露出那種笑容的狀況無緣的人。

「我們點些東西，要吃什麼？」

「有些什麼呢？」

「嗯，就一些簡餐，好比三明治啦、咖哩啦、燴飯之類的，這裡的咖哩我吃過一次，還不壞。」

「什麼咖哩呢？」

「牛肉或者雞肉。」

「啊，我不吃紅肉。」

「也有鮮蝦的，蝦子。」

「那我要鮮蝦咖哩。」

「要喝點什麼？啤酒或是可樂的話小吧台就有，如果是熱飲就得點了。」

「大哥你呢？」

「我？」

「要喝點熱的嗎？」

「喔不，我喝啤酒。」

「那我喝可樂就好，謝謝。」

女人微微點頭致謝後走進浴室，不久後傳來吹風機的聲音。

聽著那吹風機的聲音，向井撥電話叫客房服務，點了鮮蝦咖哩。電話中客房服務人員的語氣聽起來異常冷淡，向井心情大受影響。問可不可以盡快送來，對方卻沒好氣地回答目前正忙得等二十分鐘，負面情緒不禁自向井心裡湧現。甚至會想像，客房服務人員搞不好就是眞紀那個律師的手下，諸如此類的事情。明知道不可能如此，但是向井已經從與眞紀的糾紛中得到教訓，不幸往往會在自己不知道的地方萌芽成長，然後在某一天突然襲向自己。

認識眞紀之前的人生並不刺激。雖然得以在喜愛的照片環繞下工作，可是並不會出現精神亢奮或者得到解脫的那種情形。照片並不會動，而且向井所喜愛的，是那種想表達的事情不會超越影像的照片。雖然曾經有過嚮往成爲戰地攝影記者或者報導攝影師的時期，也曾有過只認同藝術攝影的時期，不過那都是年輕時候的事情。可是，不論是所謂藝術攝影或者報導攝影，自己中意的，都是由知名攝影家所拍攝，也就是名家作品。進入望月明子的公司工作後，向井發現了這一點。歸根究柢，向井之所以喜歡攝影，是因爲那是安靜的，不會侵蝕自己。

向井出生於北埼玉的一個薪水階級家庭，不論雙親或者比自己小三歲的弟弟，自己家裡的人個個都可以說在如同影子的情況下成長。父親在一家位於埼玉與東京交界的印刷廠負責事務性質的工作，母親在住家附近一家以價格低廉著稱的新興超市兼職，兩人都是溫和而不起眼的人。小學時候的家長觀摩日，曾經發生過母親已經來到，自己卻四處尋找的情形。那是因爲母親長相普通打扮土氣，而且又低著頭躲在其他家長後面的緣故。

在記憶中，似乎不曾見過父親放聲大笑，同樣的，也不曾見過他勃然大怒。自己的家是建在祖父的土地上，向井年幼時四周仍留有一些農地。父親不曾因爲應酬而晚歸，也不曾邀請朋友或同事到家裡來。全家一同外出用餐的機會非常少，家人一同旅遊的次數眞的是屈指可數，可是有一回去仙台的事情向井至今依然記憶猶新。向井國中二年級那年夏天，因爲外婆家所在的古川同樣位於宮城縣，於是一家四口便動身前往。當時適逢盂蘭節，仙台市內的旅館以及飯店幾乎家家客滿。原本已經預約的都市飯店，因爲出了差錯而遭取消，在櫃台前得知此事的父親，露出了向井過去從未見過的表情。臉一瞬間因爲憤怒而扭曲。臉部肌肉由於惡劣的情緒而抽搐，眼神爲之一變，好像隨時都要大吼大叫似的，向井不禁感到害怕。並非害怕父親會大吼大叫。害怕的是，父親彷彿會變成另外一個人。

後來，即將離家去念大學時才發現，父親其實並非一個溫和的人，只是不曾顯露憤怒或者其他情緒而已。因爲自己也有相似之處。將情感封閉在身體的內部。若是從小到大一直維持這種狀況，即使後來想要表現出來，也都會變得不知道該如何使用那種線路了。於是乎就被周遭的人認爲土裡土氣又個性晦暗，沒有朋友也交不到女友，而且不知不覺就接受了這種狀況，在心灰意冷之下，最後甚至連去思考如何表達情感都嫌煩了。

這種日積月累所形成，將自己與外界隔離的障蔽，與人來往時自然隨即就會爲對方所察覺。向井覺得，會對自己好的女性，就只有望月明子，以及剛認識時的眞紀而已。即使如此，她們兩個也都不曾對自己露出剛才這個叫做小惠的SM女郎的那種表情。過去從沒有哪個女人對我露出過那種表情。向井的腦袋裡想著這些事情，等待吹風機的聲音停止。

「這眞的很好吃耶。」

名喚小惠的女郎邊吃著鮮蝦咖哩邊說道。

「就只有SM這份工作而已嗎？」

向井喝著啤酒。

「嗯，目前是。」

「以前白天也有工作？」

「是啊。」

「這樣東問西問的好像不太好喔。」

「不會啦。」

「和應召的小姐談這些，我還是第一次。」

名喚小惠的女郎還在浴室的時候，客房服務人員已經將餐送到。望著窗外的都廳，小惠以規律的步調用湯匙將咖哩飯送進嘴裡。

「也會光顧其他風月場所嗎？」

「還是以SM居多。」

「這樣喔。」

「剛才妳說兩年是吧。」

「這份工作嗎？是呀，就快兩年了。」

「好像平均差不多這樣喔。」

「我也不知道，可是有的女孩子做不久就離開，也有人過了三十歲還繼續做下去，各種情況都有。」

「要不要喝啤酒？」

「喔不，謝謝。」

「不能喝嗎？」

「以前哪，我可以喝掉一整瓶洋酒。」

小惠的本名叫做齊藤順子。順子稍微想起了以前每晚都會喝威士忌、日本酒，或者琴酒時的自己。自短大畢業的那陣子開始，也就是過了二十歲才開始喝酒，可是即使喝掉一瓶威士忌，意識卻一直都很清醒。這並不是因爲酒量很好，而是自己的意識不肯消失。

「耶，一瓶洋酒？可眞了不起。」

「但是把身子搞壞，於是就戒了。」

「可以算是酒仙了。」

「呃，還好啦。」

以前從來不曾這樣與男性談到細節，齊藤順子心裡想。就當自己是酒仙好了。就算跟這個男人說了那個時候的事情，他也絕對不會懂的。直到今天，沒有任何人懂。大概以後也不會有這種人出現吧。「想要了解」、「願意互相了解」、「能夠理解」這些話，順子根本就不相信。

「話說回來，剛才開始遊戲的時候妳說的，關於那個奇怪女人的事情。」
「啊，是說那個可以從電纜還是線裡面讀出訊息的女人嗎？」
「是。」
「我直到現在都還覺得難以置信。」
「咦，究竟是個什麼樣的女人呢？」
說了不該說的事情了，順子心裡想。那個女人確實存在，不過已經是半年前的事情，萬一這個男人是在電視台或者雜誌社工作，搞不好會演變成一件麻煩事。店裡的負責人一再告誡，絕對不要談論其他客人的事情。如果小姐口無遮攔，隨便跟別人講出好比哪個名人經常來店光顧，到時候事情被八卦週刊當成獨家刊登的話，所有的客人都會因此有所提防而不再上門。
順子很喜歡現在這家店，要是被炒魷魚的話可就傷腦筋了。順子認爲，SM不僅支撐著自己的生活，也支撐著自己現在的精神。
「這個嘛，看起來好像沒什麼特別的。」
「很普通喔。」
順子決定明講。
「不好意思。」

「怎麼?」

「照規定，我們是不能談論其他客人的事情的。」

男人聽到這句話臉色一變，順子本能地採取防衛姿態。SM的客人幾乎個個都非常溫柔，可是也有少數可怕的傢伙。順子雖然還沒有遇到過，可是曾經聽老闆和同事說過。閒聊的時候，如果提出相反的意見就會挨揍；對方笑著數落自己肉體上的缺點時，一旦也跟著笑出來，就會被揪著頭髮到處拉；雖說是性戲，可是被罵得太慘時忍不住瞪了一眼，僅僅如此就會被踹……情況林林總總，但是有個共通點，就是這種類型的男人都是突然間就抓狂。

「呃，這樣啊，我想也是啦，嗯，不好意思。」

男人隨即將怒意從表情中抹去，而後這麼說。這個男人不能夠相信，順子心想。因爲順子自己很清楚，憤怒不是可以那麼快就消退的東西。若是進一步激怒對方反而危險。就算對方是媒體的人，我實際所知道的事情也不足以成爲一篇報導。

「不過，你都請我吃咖哩了。」

聽到這話，打扮得像是習於此道的玩家卻毫無魅力的男人，似乎鬆了口氣。

「可是，我已經不太記得了。」

「嗯哼，可以告訴我，是在哪家飯店嗎?」

「新大谷。」

「新大谷喔，應該不知道那個女人的姓名吧？」
「嗯，是沒有問。」
「年紀呢？」
「跟我差不多。」
「這麼年輕啊。」
「我不年輕啦，都已經二十五了。」
「可是，有那種特殊能力的女人，好像很自然就會讓人想像年紀應該比較大些。」
「也許吧。」
順子離開房間時，除了正常的鐘點費之外，男人又多給了一萬並附上一張名片，並且表示雖然覺得不太可能，但若是再遇到那個女人的話請通知一聲。
「拜託了，到時自然還會有謝禮。」
好的，順子說完離開房間，穿過大廳，打行動電話向公司報告現在就回去，而後在計程車上將男人給的名片撕毀，看也沒看一眼。

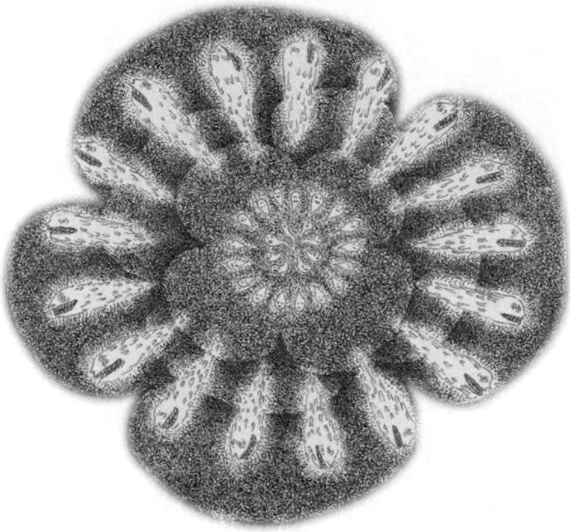

VOL 3

由香里

「今天好熱啊。」

計程車司機開口搭訕，並順手將車窗打開五公分左右。順子並不覺得有多麼熱。司機的年紀大概三十出頭或者年輕一些，嚼著口香糖。剛才，順子問可否抽菸的時候，司機一臉意外瞧了瞧後照鏡。那表情像是在說，明明就化了風塵味很重的濃妝，沒想到這麼有禮貌。

好像是個煩人的傢伙，千萬別跟我搭訕哪，心裡才這麼想，果不其然，對方立刻就開口談起天氣冷熱這種莫名其妙的事情。天氣是冷還是熱，順子並不清楚。不論多熱，順子都幾乎不會流汗。但相對的，卻會在與氣溫無關的奇特時刻冒汗。典型的例子就是，好比在街口或是小館子裡突然有陌生人過來攀談的時候，那時腋下或者脊背就會溼淋淋地滿是汗水，最後甚至還會搞不清楚自己究竟是誰。

聽到「哦」、「嗯」這種愛理不理的回答，司機的表情轉爲無趣，聲調也隨之下降。

「嗯，以十一月來說，今天晚上是特別熱。」

用小而低沉的聲音這麼說之後便沉默不語。這樣就不必再跟這傢伙多說什麼了，順子心裡想。

計程車行駛在六本木防衛廳附近的路上，順子所屬的SM俱樂部就位於這一帶。雖然算是比較年輕的司機，可是非常熟悉道路，走的盡是狹小的巷弄而不是幹道。順子不太喜歡搭車時走這些陌生的小路。從代代木通往千駄谷的這一段小路上，滿是喝醉的粉領族、學生，以及上班族。有人在路中央邊走邊大聲嚷嚷，也有人搖搖晃晃闖到車子前面來。危險哪，司機連連咂嘴閃避這些傢伙。每次遇到這種情形，順子都會低喃一聲撞死算了。

順子所屬的SM俱樂部位於防衛廳後面一棟住商混合大樓的三樓。一棟外觀極不起眼的大樓，開設在裡面的小型遊戲軟體公司、非主流洋片代理商、音樂製作公司，或是設計工作室，辦公室也都非常狹小。

撳了門鈴進屋，裡面只有由香里一個人，正吃著在附近的Lawson便利商店買來的飯糰和醬菜。由香里今年十九歲，來到這家SM俱樂部才兩個月。SM之前的工作據說是在護膚店。以俱樂部小姐而言算是話相當少的。爲了3P服務，兩人一同應召前往飯店的時候還會在計程車上閒聊，可是泡沫經濟結束之後會大手筆玩3P或4P的客人已經難得一見。

「回來啦。」

嘴裡塞著飯糰的由香里說道。狹小的辦公室頂多三坪大，鋪了榻榻米。放置電話的檯子、充當桌子的電被爐、性戲用道具、漆皮或塑膠製的性戲服裝就佔據了大部分的空間。電被爐還沒鋪上棉被。由香里穿著自己的衣服，將飯糰、醬菜，以及罐裝烏龍茶擱在被爐上，正在看《JJ》女性雜誌，電視就一直開著。

「社長呢？」

「今天好像有什麼事，先走了。」

社長指的是SM俱樂部的出資者兼經營者，四十出頭，以前是個薪水階級。據說以前還在公司上班的時候，會從紐西蘭和阿根廷進口麵粉或是羊肉，由於喜好SM，三十多歲的時候離婚，開始經營SM俱樂部。順子並不清楚SM俱樂部到底有多好賺，可是社長穿的是花不了多少錢的衣服，也沒有開賓士。

社長離去就表示今晚的營業時間已經結束。電話調到答錄模式，有來電時會播放「請各位舊雨新知明天下午一點之後再來電指教」的訊息。順子看看時間，十一點四十分。

「我從飯店打電話回來的時候，沒聽說他要早走啊。」

順子對由香里這麼說。

「啊？社長嗎？」

「嗯。」

「好像是突然有事，是打電話回來說的，錢先幫他保管著，還要我轉告其他人。」

S的客人每小時收費三萬，M的客人兩萬，再加上小姐的來回計程車資也得一併計算，所以順子今夜從那個毫無魅力的男人那裡收到的包括服務費六萬，還有算作計程車資的一萬，總共七萬。性服務費用公司抽四成，剩下的歸小姐所有。

「嗳。」

由香里開口招呼。

「什麼事？」

順子忽然想到，這好像還是第一次單獨和這個叫由香里的女孩面對面談話。公司一共有七個小姐，專職的有四個。其他三人還在念書或者白天有其他工作，每個禮拜只做兩、三天。由香里是專職。

「還剩兩個飯糰，怎麼樣，要不要？」

由香里身穿天鵝絨襯裡的高領貼身套頭毛衣，搭配黑色燈芯絨長褲，短髮，長相和身材極其普通，可是皮膚很美。

「謝謝，可是我已經吃過咖哩了。」

看著由香里沒有黑斑面皰、光滑白皙的臉頰，順子說道。順子並不知道由香里的本名。

「咖哩喔？」

由香里問道，然後喝了口烏龍茶。

「嗯，咖哩。」

由香里說新聞吵死了，問可不可以關掉，於是順子用遙控器關了電視。明明距離近到伸手就可以摸到映像管卻還要用遙控器，還眞奇怪哪，順子心裡這麼想著關了電視。第六頻道那個經常也會出現在報章雜誌的主播的臉，看起來好像被吸進電視裡面去似的，順子很喜歡盯著看關掉電視時的畫面。

「這附近有咖哩屋嗎？」

順子不知道將恩客點了客房服務招待一事跟由香里講是否妥當，思索了好一會兒，最後還是決定說。一直以來，順子想到什麼事情的時候，爲了要不要跟身旁的人講，都會猶豫非常久。升上高中之後這種情形變得更爲明顯，而後在短大以及服務了三年左右的食品公司，都因爲這種事情而搞得自己非常累。比方說，通學或者通勤途中遇到的一件小事。在公車站牌看到被人裝在紙箱裡丟棄的小狗；一名婦人騎腳踏車爲了閃避幼童而跌倒；上班族比劃高爾夫揮桿動作，手臂打到了旁人；一個歐巴桑偷摘了車站裝飾月台的香豌豆花；有人在KIOSK車站便利店買了牛奶，打開瓶蓋的時候不小心灑出來，弄髒了週刊雜誌的封面，這一類雞毛蒜皮的小事。一旦開始思考是否要跟朋友或者同事談起這種事情，就會越想越迷惑，進而開始煩惱，懷疑自己的腦袋是不是有問題，漸漸就覺得與人交談是一件麻煩事，最後變成一種恐懼。每天晚上都得喝掉一瓶廉價威士忌或者白蘭地的習慣，就是在那時候養成的。

下海從事SM工作之後，這種性格多少有了改善。儘管還是得視對象而定，可是已經能夠與人交談而不太覺得苦惱。不過，想要敬而遠之的人還是佔多數。雖然可以自然地與由香里交談，可是自己也搞不清楚究竟是基於什麼樣的標準來判斷對象。看似溫柔體貼，這一類的感覺並不能夠作爲評判的標準。畢竟，這個世界上有無數看似溫柔體貼的人，而且這種人必定會有態度不溫柔體貼的時候，這是順子幼年所習得的經驗。所以順子認爲，絕對不能夠相信態度看似溫柔體貼的人。

之所以會想要跟由香里說咖哩飯的事情，是因爲她提到分享剩餘飯糰時的說話方式讓人覺得有些冷淡。看著《JJ》的由香里問「還剩兩個飯糰，怎麼樣，要不要？」的時候，連頭都沒抬起來。這種類型的人，因爲打從一開始就沒有表現出溫柔體貼的態度，才會讓順子得以安心。

「竟然還有這種客人。」

由香里說著闔上了《JJ》。

「所以說，後半段的那一個小時，妳就在京王廣場飯店邊欣賞夜景邊享受美味的咖哩飯囉？」

「嗯。」

「我還沒有遇到過這種客人呢，眞是太奇怪了。」

由香里用撒嬌的聲音說道，可是整體的感覺卻顯得冷淡。順子腦袋裡想像著，這個叫做由香里的十九歲女孩，對每一個遇到的人示愛的情景。

「妳會不會覺得，眞正的SM好像很少見？」

「這個嘛，我也不清楚。」

「惠姊，我覺得啊，SM應該更，怎麼說呢，應該更狂熱、慾望更強烈才對。」

「咦，這樣呀。」

「目前遇到的全都是些要我暴露私處，插入按摩棒，然後就只是吸一吸舔一舔射出來就了事的客人，這個樣子頂多只能算是普通的全套嘛。」

「也對喔，好像可以這麼說。」

「我有一個學姊，喜歡扮女王。」

「耶。」

「聽說是高中的時候迷上的。」

「耶。」

「已經非常有架式了。」

「這樣啊。」

「她有個花名叫做夏娃，還交了一個搞樂團的男朋友，聽那個人說，用蠟燭油滴被虐狂的男人時，好比滴在背上，用蠟燭油滴被綁著的男人的背上時，要滴在各個部位，一面變換蠟油滴落的地點，一面觀察男人的表情，當蠟油滴到某個部位的時候，男人的表情就會改變，原本看起來好像很難受，可是呢，眼神會突然變得迷濛，一副很爽的表情，這個時候啊，嗯，雖然我搞不太清楚，可是並不是透過語言，沒錯，只是透過談話，我們並沒有辦法確認是不是能夠跟對方互相了解的對不對？據說情形並不是這樣，而且可以獲得一般的性愛完全無法比擬的快感，還會有一種心意相通的感覺，聽到這些的時候，我覺得實在是太棒了。」

「於是就迷上了SM。」

「是啊，不過，情況又不太一樣。」

「什麼意思不一樣？」

「據說如果不搞M的話就無法了解S，人家根本就不會讓妳扮女王。」

「所以妳是想扮女王。」

「那當然囉，惠姊妳難道不是嗎？」

「我？」

「嗯，難道不是嗎？」

「是曾經扮過幾次。」

「討厭S？」

「也不能說是討厭。」

「那爲什麼不做呢？」

「嫌麻煩啊。」

才怪呢，要妳扮女王根本就不可能嘛，由香里心裡想。臉太尖，身體又瘦，性格似乎非常灰暗，整體的人格顯得無神而渺小。而且，這個女人的打扮品味實在是糟透了。難道從沒看過年輕女性的專屬雜誌嗎？整個港區，除了這個女人之外，大概也找不出幾個人會穿這種髒兮兮的粉紅色針織裙吧。

「麻煩？」

「是呀，這應該就是原因。」

「是說鞭打男人的時候會覺得不舒服嗎？像我都只有挨揍的份。」

「是呀，一旦覺得麻煩，可能以後就都不行了。」

到底是什麼樣的男人會請這種俗氣的女人吃鮮蝦咖哩呢，由香里心裡想。換作是我，大概連泡麵都不會請她吃吧。剛才是因為想看一看這個女人吃飯糰的樣子才會問她要不要。以前曾經聽社長說過，這個女孩啊，是被一個很兇的母親帶大，聽說是後母，所以從非常小的時候開始就經常挨揍，被各式各樣的東西揍，這個世界上就是有很多這種人，揍人的時候一定會拿個東西未免也太可怕，聽說後母打人的時候不會空著手，一定會拿個什麼東西，好比話筒啦、竹刀啦、尺啦、海灘鞋啦，或者寶特瓶什麼的，而令人想不通的是，每次這樣打到孩子瘀青或是流血之後，後母必定會哭著賠不是，對不起啊，對不起啊，把妳打得這麼慘對不起啊，啊！怎麼流這麼多血，怎麼腫起來啦，可是媽媽是因為疼妳才會打妳的呀，一邊說著一邊緊緊抱著孩子哭，而且聽說每次這種可怕的場面過後，兩個人必定會一起吃飯糰，唉，飯糰這種食物啊，是用手掌這樣捏出來的對吧，所以呢，從掌心透出來的愛情能量就會傳入飯糰之中，而母女倆就這麼邊哭邊吃飯糰……社長並沒有明說那個受虐的女孩就是小惠。只是談起他過去遇到過的某個小姐的故事而已。可是，由香里認爲那絕對就是小惠。

所以才想要做個實驗，看看她吃飯糰的時候是否眞的會哭，即使沒有哭，也可以觀察一下表情是否會出現變化。

「我想先走了，怎麼樣，這裡交給妳？」

「喔，好啊，我今晚打算在這裡過夜，待會只有莎麗姊會回來。」

「過夜？在這裡？」

「嗯，電車已經收班了。」

「住在哪裡？」

「千葉再過去。」

「喔，那就拜託啦。」

看著瘦巴巴的女人檢查手提包裡的物品，補了一下口紅之後離開，由香里再次打開電視。想找找看哪個頻道正在播放電影，可是沒有收穫，於是由香里轉至東京大都會電視台的新聞，將音量開大了些。

那傢伙，到底在搞什麼啊，由香里嘟囔著確認一下行動電話已經開機。明明就說今天晚上一定會打電話來，卻連個留言或者簡訊都沒有。對方自稱是電視台導播，說下次要帶自己去八卦綜藝節目的錄影現場，才會讓他不戴套子就幫他吹簫又讓他實際插入，卻不遵守約定。

是不是被騙啦？回想起來，當時說是正好用完所以連張名片也沒拿到，也沒說是哪家電視台。後來說要帶自己去西麻布一家播放六〇年代音樂的酒吧，不但連行動電話號碼都告訴對方，而且菊花和小穴也都讓人家搞了，不會是被騙了吧。又因爲對方說菊花裡放著跳蛋做愛會爽翻天，所以也這樣讓他搞了。對方的說法是，放進菊花裡跳蛋的震動，會給插在小穴中的老二帶來刺激。

可是現在也才十二點半嘛，由香里這麼想。說十二點左右會打電話給我，搞不好等等就打來啦，想到這裡，由香里再度確認行動電話的電源已經打開。

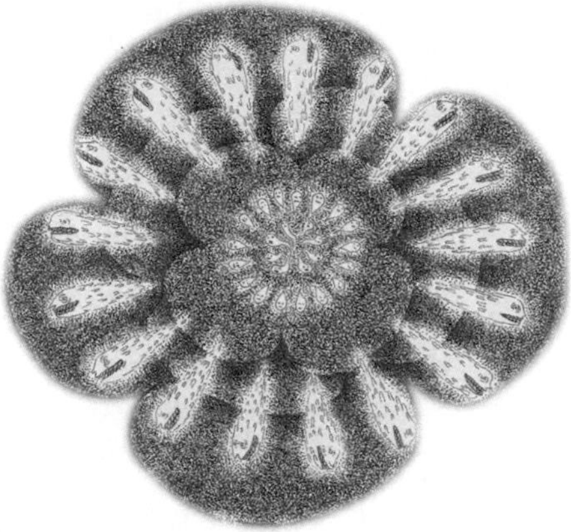

VOL 4

高山

看了將近半本《JJ》的時候行動電話響起。喂喂？好像並不是那個自稱電視台導播的男人的聲音。剛才一個人的時候無聊，所以在留言布告欄上面留了訊息。搞不好後來有什麼人看到了。不過也有可能是那個自稱電視台導播的男人。那個人的聲音，由香里並不是記得很清楚。

「喂，我是由香里。」

「喂喂，是由香里小姐嗎？」

「是。」

「我是高山。」

「高山？」

「是的，高低的高，山水的山，高山。」

由香里不記得曾經聽過高山這個名字。自稱電視台導播的那個男人投宿飯店的時候用的名字好像並不是這個，可是也不敢確定。搞不好在飯店登記住房的時候用的是假名，而本名叫做高山。萬一，萬一高山就是電視台導播的話，由香里也不好問他是不是逛留言布告欄的人。那人不但長相不差，西裝的質料觸感也很好，手錶是勞力士，床上功夫又很了得，如果可以的話眞想跟他交往看看。所以不想讓他認爲自己是那種經常打電話到留言布告欄的女人。

「請問，那個……」

「什麼事？」

「你是我不久前遇到的人嗎？」

「妳在說什麼啊，我是高山啊。」

「高山先生。」

「咦，眞奇怪，妳是由香里對吧？」

「是啊。」

「騙人，那怎麼會不知道？是我高山啊。」

電話是從一個嘈雜的地方打來，高山說話聲的旁邊還傳來音樂聲。這傢伙果然是電視台的導播哪，由香里心裡想。雖然不知道那音樂究竟是什麼曲子，但想必是六〇年代的歌曲吧，他果然信守承諾打電話來了，搞不好是因爲旁邊還有其他朋友，不方便談論今晚的性愛遊戲吧。

「啊，我知道了，不好意思。」

「眞受不了，終於想起來啦，我可是好不容易才抽空打了這通電話的。」

「我想也是，不好意思喔。」

搞不好對方生氣了，由香里心想。萬一氣得直接掛掉電話可就不妙，要是不說些討這傢伙歡心的事情，搞不好眞的就沒辦法約會了。除了西麻布播放六〇年代歌曲的酒吧之外，他還提過一家營業至深夜的美味義大利餐館，搞不好也會帶我去。一直很想吃眞正美味的義大利菜，自埼玉的高中輟學來到東京混已經兩年，可是都還沒吃過。

「跟你說喔，今天的性戲，眞是太美妙了。」

「嗯？」

「是說今天的性戲，我啊，還是第一次嘗試那些。」

帶我去玩；跟我交往；除了八卦談話節目之外，如果還能安排我上別的節目，好比去問答節目擔任拿問題卡女郎的話，不論是吹簫還是後庭花，要怎麼玩都可以……這些事情非得在這通電話中表明不可，由香里心裡這麼想。

「眞的噢，實在太美妙了，平常啊，我是絕對不會做那種事情的。」

「耶，這樣啊。」

「是呀，怎麼可能做嘛。」

可不能讓對方認爲我會幫任何人吹簫玩後庭花，可是，我對於那種奇特方式的性愛很有感覺。儘管自己並不是多麼喜歡SM，但是聽那個扮女王的高中學姊說，做這一行可以遇到形形色色的客人，其中好像也有各種藝術家，電視台導播應該也可以算作是藝術家吧，由香里心裡想。藝術家事實上是什麼樣的人種，由香里並不清楚，也不曾思考過。三年前吸膠時當場被抓到，由於在那之前就曾因扒竊和勒索而多次接受輔導，所以被退學，離家，去投靠的是一個住在上板橋公寓的熟識之人。說是熟識，其實也只是個面熟的藥頭的男朋友的死黨，一同喝酒時見過兩、三次面而已。這個頭髮留到腰際的男人是高速公路的清潔工，同時也在一個搖滾樂團彈貝斯。兩坪半大的房間，沒有暖房，只有棉被、收錄音機，以及貝斯吉他，男人每天在那裡向由香里強索多次性愛，而且明講留宿的代價就是要陪他上床。這人總是長髮蓋住臉，年齡不詳，可是有一回由香里看到了駕駛執照，才知道他已經三十好幾了。不論講什麼，這人都會一再提到藝術家這個字眼，差不多每分鐘一次。由於聽了太多遍藝術家這三個字，在與此人同住的兩個月之間，其意義逐漸在由香里心中變得模糊，最後終於覺得這件事怎麼樣都無所謂了。

「哎呀，難道高山哥不知道嗎？照規定我們是不准眞槍實彈上場的。」

「啊，說的也是。」

「這裡，是我們的事務所，談論這種事情其實不太好，講什麼眞槍實彈的。」

「竟然在公司喔。」

「是啊，可是現在其他人都不在，沒有關係。」

由香里的父親在五十好幾的時候第三度結婚生下了由香里。由香里出生的時候住在東松山的泥灰木造公寓，父親則在保全公司上班。由香里的母親比父親年輕將近三十歲，在一家製造文字處理機以及攝影機的液晶零件的工廠上班，右腿的行動不太方便，由香里不只數十次數百次試圖跟這個媽媽親近可是都不得其法。母親是個沈默寡言的人，即使慘遭酒醉的父親痛毆的時候也毫不反抗只是雙手掩面而已，吭也不吭一聲。母親在由香里快進小學的時候去世。由香里曾經見過父親第一次婚姻所生的孩子。在由香里念小學二年級的時候，那個女人忽然跑到家裡來，碰巧只有由香里一個人在家。聽到一個年過四十的婦人說是自己的姊姊，由香里絲毫沒有眞實感，只覺得非常不舒服。說是姊姊，卻也已經是個身材微微發福的歐巴桑，帶著由香里來到東松山車站前的一家喫茶店，請由香里喝現搾的哈密瓜汁，還說了類似「妳呀，雖然長得不怎麼樣可是皮膚很好，搞不好以後可以靠欺騙男人過活」這種意思的話。由於只見過那個已經是歐巴桑的姊姊一次而已，記憶並不清楚，可是覺得大概是那種意思。由香里對此的解讀是，如果不上床，是沒有哪個男人會喜歡自己的。藉由在熱鬧場所勾搭男人的方式，由香里已經和七個人同居過，可是直到現在都還沒有遇見不以性愛爲目的收留自己的男人。目前同居的男人是個攝影師的助手，住在千葉房總半島的一戶獨棟住宅，平時會自己拍攝大海、沙灘，或者浮雲等等大自然的照片。偶爾也會以由香里爲模特兒，可是拍攝的都只是局部而已。只要遭到攝影師老闆斥責，那天晚上男人就會買廉價的酒喝個醉，然後把由香里綁起來，拍攝腋下、乳頭、生殖器、腳趾等處的局部大特寫。那些照片看起來根本就不像人體，而是類似男人平日拍攝的大海、沙灘、浮雲。

「你現在在哪裡？」

「在一家成人酒吧。」

聽到這個，由香里自行想像那就是西麻布的酒吧，同時也放心了。是那個會播放六〇年代歌曲的酒吧嘛，果然是電視台的導播，不論是多麼過分的要求我都願意配合，這一點一定要跟對方表白，由香里這麼想。

「我呀，很喜歡今天的性戲。」

「啊，是喔。」

「嗯，很喜歡，可是，我可不是跟誰都會那樣做的。」

「哪樣做？」

「耶，難道你都忘了哦？」

「怎麼可能會忘嘛，只不過，呃，變換了太多花招嘛，難道不是很多花招嗎？」

「說的也是，是很多花招。」

由香里一時高聲嬌笑。爲自己竟然如此淫蕩而笑。笑著笑著竟然清楚回想起性戲，並且感覺到長褲的股間開始發熱變溼。打從出生到現在，好像沒有眞的想要做愛想到受不了的經驗。是會有發狂般想要男人的時候，可是想要的究竟是勃起的陰莖，或是男人這種生物，也搞不好是這兩者，還是說是別的什麼東西，其實自己也搞不清楚。在由香里讀幼稚園的時候，父親就已經是個老人了。在記憶中，父親並沒有撫摸過自己的頭或是抱過自己。如今回想起來，由香里認爲與其說那是因爲父親冷漠，不如說是因爲他已經喪失了身爲人的自信。據來訪的同父異母歐巴桑姊姊說，父親很久以前曾經當過警官。由香里剛進幼稚園就讀的時候，由於父親已屆退休年齡而辭去警衛的工作，轉而擔任高速公路的收費員。由香里曾經多次前往那「工作場所」看父親工作，是隨母親在深夜過去送消夜。在那如同箱子般狹小的「工作場所」反覆從事單調工作的父親，簡直就像一條具有人類形體的巨大蟲子。由香里第一次因爲扒竊遭警方送去輔導的時候，老耄的父親曾大聲斥責，可是連續幾次之後也就懶得再說什麼。國三和高一的夏天結束時，由香里都曾經去墮胎，「八成是妳去勾引男人的吧。」父親這麼說，還說「就跟妳媽一樣。」自那之後，由香里就開始會自行想像，腳不太方便而又沈默寡言的母親纏著年輕男子要求上床的情景。或許我並不是眞的想要做愛，由香里經常會有這種想法。而且也覺得，這好像跟想要男人是不太一樣的。或許自己只是想要確認，全天下所有的男人都一樣，接近我的目的就只有性而已。對由香里而言，這個確認工作並不是什麼孤寂的事情。那只不過是一種挑起情慾的方法罷了。由香里的生活一直無法擺脫孤寂，所以無法理解所謂孤寂這種概念。

「跟你說喔，我的菊花到現在都還麻麻的，眞是嚇了我一跳，而且說實在的，用跳蛋還眞的有點痛耶。」

「咦，會這樣喔。」

「是眞的呀，我們俱樂部裡啊，有一個小姐曾經被兒臂粗細的按摩棒插過噢，屁眼變得超大，那個洞簡直就可以說是洞窟了，好好笑喔。」

「妳說兒臂粗細？」

「怎麼樣？」

「剛才說的是像小兒手臂嗎？」

「嗯，像那麼粗的按摩棒噢。」

「所以我才要問。」

「請說。」

「是幾歲的小兒？」

「啊，像小學生吧。」

由香里感到不安，生怕對方已經不高興。要是氣得掛斷電話可不妙。一定要設法盡早表達自己願意完全配合的心意才行。

「以前我的菊花一直會痛所以無法忍受，可是今天放跳蛋進去卻還好，一定是輕輕塞進去的緣故，我，還想嘗試，那個，聽我說這麼色的事情，會不會覺得很討厭？」

「不會呀。」

「太好了，那，我，還想要，那個，嗯，就是後面塞著跳蛋做愛，那樣，不但高山哥說會有感覺，女方也會感覺很舒服噢，做的時候呀，小穴和菊花之間會變得好像沒有分界一樣。所以我不但能夠清楚感覺跳蛋的震動，另一方面又感覺到高山哥的小弟就在旁邊一同震動，眞的很爽耶，我一定要再嘗嘗那種滋味所以一直在等電話噢。」

這個女人到底在說什麼啊，高山心裡想。

只不過是仗著幾分醉意打了一通惡作劇電話找點樂子而已，八成是把我誤認是哪個傢伙了吧，嘰哩呱啦直嚷著什麼小穴跳蛋的，難道風塵女郎個個都是這樣嗎？

「你現在在哪裡的酒吧呀？」

「嗯，啊，就是一家有成年人氣息的，那種酒吧啦。」

高山在青山大道上一棟內有眾多酒館的大樓門口講行動電話。或許是因爲進進出出的人相當多，哪家店的鋼琴演奏傳了出來，在電話那頭聽起來才會誤以爲是在酒吧裡面吧，高山心裡想。無論如何，人還眞是種奇怪的動物，聽到對方認爲自己在酒吧，竟然就會覺得好像眞是如此。

「我聽到音樂了耶。」

「是啊。」

「我可以過去嗎？」

「啊，我是跟朋友一起來的，就快要離開了。」

高山打算見見這個女人。這一陣子都沒碰過女人。自從高山調部門之後，公司裡的女同事都不會接近到他周圍的一公尺之內。爲什麼老子就非得異動去那個什麼第二營業部不可啊。高山這麼嘀咕之後，發現自己剛才聽了那意想不到的奇妙女人煽情話語而產生的興奮衝動竟然逐漸冷卻。明明今晚就已經決定別再想公司的事情了，卻還是忍不住會去想。看來就去會一會這個偏差值似乎異常低的女人好了，若是以這個女人爲對象，大概不論做什麼都不會被人發現吧。

「那這樣吧，一個小時之後去酒吧碰面怎麼樣？在澀谷，一家普通的酒吧，我現在告訴妳電話……」

我去我去，女人興奮地高聲這麼說，然後掛斷電話。高山吹著口哨，將女人所說的打扮特徵實際在腦袋裡描繪出來，同時決定回公司去取放在置物櫃裡的電擊棒。

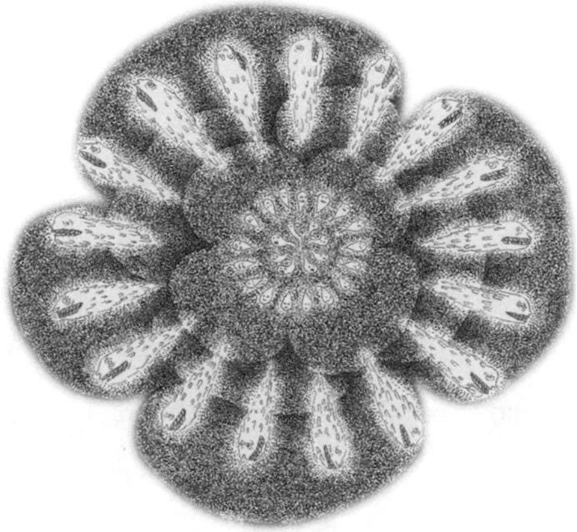

VOL 5

小出

高山的公司位於青山大道上一家知名的寵物店的後方，主要的業務是負責企劃在各區或町的活動中心、商店街，以及百貨公司所舉辦的小型活動。原本還有製作卡拉OK伴唱帶、編輯公關宣傳雜誌等其他業務，可是已經隨著泡沫經濟崩壞而大幅萎縮。在都內與首都圈舉辦的各種莫名其妙的所謂活動，具體來說就是那些找來三流樂師演奏的室內音樂會；詭異的雞尾酒晚會；薄酒萊新酒品嘗會；學者、文化人或者藝人的脫口秀；珠寶、版畫、工藝品的展售會；還有就是機動藝術（kinetic art）、立體電影，以及多媒體等等，這些全都消失了。卡拉OK伴唱轉爲透過衛星通訊系統運作而不靠錄影帶，泰半的公關宣傳雜誌也都收攤或者大幅縮減預算。擁有上百名員工的公司，業務量忽然間減少了一半。

高山畢業於一所地方的私立美術大學，在一家只有數名員工的小型設計公司待了三年，由於辦活動的機會而被挖角。大學時代主修中世紀拜占庭藝術及商業設計，可是只顧著花父母的錢去玩樂而學分都是用混的，並沒有學到任何技術。

高山是家裡的次子，有一個在人口十萬的地方都市經營連鎖洗衣店獲得成功、工作狂式的高壓父親，以及歇斯底里而且虛榮心強的母親。與年長四歲的哥哥感情非常差。比較像父親的哥哥非常有自信，從小就會揍高山出氣。每次發生這種情況，父親都會站在哥哥那邊，母親則會袒護高山。母親是個具備半吊子教養的女人，會給幼兒時期的高山看梵谷的畫冊聽布拉姆斯的交響樂。因爲你跟你爸爸還有哥哥不一樣，你長大以後要會畫美麗的圖會創作動聽的音樂會寫感人的詩噢，母親平日經常會跟高山說這種話。要不是因為在那個日本海鳥不生蛋的鄉下，雙親八成早就離婚了吧，高山這麼認為。父親的心裡究竟是如何看待母親，高山並不清楚，可是母親卻是打從心底嫌惡父親。對於母親這種態度有所反彈的哥哥轉而以高山為發洩的目標，可是母親卻因此而益發袒護、縱容、溺愛高山。

比較像母親的高山到了國二的時候塊頭已經長得比哥哥大，有一天，過去一直挨打而不還手的他終於開始抵抗。由於不習慣打架，下手不知輕重的高山將哥哥的一隻眼睛打瞎鼻樑也打斷了。哥哥那慘兮兮的臉以及雙親各自的反應，令高山極度混亂。父親一邊怒罵一邊痛揍高山，母親則歇斯底里對抗父親，「這孩子只是因為長期遭受虐待才會動手的啊！」說著還不斷數落哥哥和父親的不是。對於哥哥，高山從小的心情就非常複雜。絕對不是討厭，反而是有些崇拜，可是同時卻又明顯感到憎恨。雖然希望能夠改善彼此的關係，心裡又一直想著長大以後總有一天要把哥哥打死。臉被揍得慘兮兮之後，哥哥對高山的態度便轉為卑躬屈膝。父親完全不能原諒此事，母親卻是更加溺愛。高山並不清楚自己究竟如何看待把哥哥揍得慘兮兮一事。獲得了光榮一刻，以及做出了絕對無法挽回的事情，這兩種想法一直殘留著並沒有整理，令高山相當痛苦。

「耶高山，都這個時間了，還帶著酒味回來加班喔？」

跟門口的警衛打了聲招呼進入辦公室，一個叫做森口的同事視線由電腦鍵盤上轉過來。

「喔不，只是忘了東西回來拿。」

聽高山這麼說，森口自言自語般喃喃說道：「唔，忘了東西啊。」而後哼哼笑了笑。泡沫經濟達到巔峰的時候，高山企劃過許許多多活動，雖然那些完全都只是抄襲主流市場的企劃案而已，卻也相當成功。這一切崩壞之後，森口找了匈牙利和捷克的電視台簽約製作出價格壓低到千圓以下的古典音樂CD，結果這個案子挽救了公司。於是，高山與其他數十名同事一齊被調去一個新成立的單位，稱爲第二營業部。也就是說，被調去那裡的人應該明白公司的意思，還是盡早自動辭職吧。半年之內，幾乎所有的同事都離職了，可是高山沒走。沒有辭職的理由並不是想要賴著不走藉以報復公司，只是覺得去找新公司或者工作太麻煩而已。因爲他老早就已經失去了開創人生新局面的力氣。

唔，忘了東西啊，森口說完後又低下頭去繼續敲鍵盤，完全無視高山的存在，彷彿除了自己之外這個辦公室裡就沒有其他人了似的。吹著口哨繼續工作的森口令高山一肚子火。唔，忘了東西啊，這種說法，聽在耳朵裡就好像是忘掉的東西不就是高山你自己嘛。因爲高山你就是這個辦公室裡最容易被大家忘記的人啊。眞想把森口的臉也揍個稀巴爛。將哥哥的左眼打瞎鼻樑打斷之後，只要憤怒超過了限度，就會產生一種想要把哪個人的臉打爛的衝動，而且來到東京之後高山還眞的會付諸行動。並不是對惹怒自己的當事者，而是像馬路殺人狂一般隨便找個毫無關係的人下手。若是對當事者下手很容易事跡敗露，而且可能會因此而想起哥哥，所以高山不願這麼做。

高山從置物櫃中取出裝在電動刮鬍刀盒裡的電擊棒，揣在口袋裡離開辦公室。先走啦，掰，可是森口並沒有理會這聲招呼。媽的混蛋，高山心裡罵著。你這個樣子踐踏別人的情感，豈不是要害哪個人倒楣嘛。

在通電話時約好的酒吧外面，高山抽著菸等女人到來。這是一家地點介於公司與原宿車站中間，由一棟私人老式歐風建築改裝而成的酒吧，由於時間已晚，周遭的行人稀少，緊鄰的是一所都立高中剛完成整修正在拆除圍籬的運動場。都是森口那個混蛋，害我忘了女人的名字，高山的心裡直嘀咕。可是就那通電話的感覺來說，似乎很笨。偏差値大概只有四十或四十五吧。這家酒吧目前在業界的口碑不錯，會在這種時間一個人大模大樣過來的女人應該不至於是個醜巴怪才對。而且即便這個女人並不是那種女人也全然無所謂。高山所站之處可以看到那個高中的運動場。一直以爲，東京學校的運動場，看起來並不像是學校的運動場。在鄉下，像學校那樣大的建築物並不多，而且學校本身也並不多，所以運動場非常醒目。東京學校的運動場即使在夜間看來也不具神祕感。只不過是大樓夾縫中的一塊普通空地而已，毫無特別之處。

剛抽完第二根菸，青山大道上有個女人走過來。打扮非常奇怪，即使在黑暗中也很醒目。白色漆皮短大衣配白色高跟鞋，頭戴同爲白色的寬邊帽再加上白色圍巾，簡直就是幼稚園才藝表演會上白雪公主身旁的小矮人嘛，高山這麼想，並且認爲應該就是此人不會錯。如果是偏差値正常的女人，應該不會做此打扮吧。

「嗨，不好意思。」

待女人走近後高山上前搭訕。「什麼事？」伴隨著奇特的高亢回應，女人抬起頭來。果然是這個女人，高山心裡想。不但聲音相同，整體的感覺也跟想像的一樣。

「我是高山的朋友。」

聽到這句話，喜悅之情在女人臉上漾開來。女人一笑，那張臉看起來就像是還沒長大的小恐龍一樣。這麼說起來，身材好像也跟小恐龍差不多，高山心裡想。不論身材或是臉蛋都完全找不到可愛之處，眞是太好了。這一點光從那通電話並沒有辦法聽出來，萬一是個美女的話不免會覺得可惜，而且一旦產生這種想法，對於犯行來說是再危險不過的了，因爲自然就會開始猶豫。

「啊，高山哥，那高山哥現在人在哪裡呢？」

「說是那家酒吧。」

「嗯，我知道噢，經常在電視上面出現。」

「可是現在人很多。」

「哦，這樣啊。」

「嗯，人很多。現在一點對吧，高山預約的時間是一點半，因爲我就住在這附近，高山才拜託我在這裡等妳，那傢伙就是這麼任性妄爲，唉，實在拿這個公子哥兒沒辦法，把這種差事硬塞給別人都不會覺得不好意思。」

「啊，我好像可以理解，其實我們也是今晚才剛認識的，可是呢，從聲音什麼的，我也覺得他有可能是這種人。」

「是喔，還有，高山現在好像還在前面一家挺不錯的店裡。」

「不知道是家什麼樣的店哦？」

「啊，這我知道，嗯，是一家西式的懷石料理店，就沿著這個斜坡一直下去，會看到幾家賣牛仔褲什麼的二手服飾店，不過可能已經打烊了就是。」

「那一帶我好像知道。」

「就在那二手服飾店的斜對面。」

「眞是太謝謝你了。」

身穿白雪公主的小矮人衣裝的小恐龍輕輕點頭致意，舉步離開。高山目送那背影十秒鐘之後喊了一聲喂並且跑過去，差不多在下坡與運動場交會處追上女人，從口袋中掏出電擊棒同時打開電源，將金屬頭往轉過身來的女人脖子戳下去。女人立刻身子癱軟。將失去意識的女人拖到運動場的角落，找了顆趁手的石塊後，跨騎在女人身上，先朝嘴巴砸下去。雖然不明白原因，可是根據過去的經驗，高山知道昏厥的人牙齒被打斷時會醒過來。可不能在這個女人昏迷不醒時打爛她的臉。石塊重擊牙齒發出了火花。傳來牙齒斷掉的聲音。從根部斷掉的牙齒發出像是從土裡拔出芋頭的滑稽悶響；從中折斷的牙齒則發出了金屬般較爲清脆的聲音。滿嘴是血的女人睜開了眼睛。雖然試圖叫喊，可是肌肉因爲遭受電擊而鬆弛，再加上嘴裡如同溫泉般冒血，發不出聲音。就是這個，高山心裡想。這個，女人驚惶失措的表情，以及明明發生了匪夷所思的事情，可是自己或周遭卻都絲毫沒有變化的奇妙感覺。接著用石塊砸眼睛和鼻子。高山用手帕擦拭染血的手，喃喃說了聲「沒死」便揚長而去。

「就是說啊，先生，任誰都會擔心的嘛。」

高山上了計程車，與健談的司機聊得很起勁。看了計費表旁的名牌，司機叫做小出，剛剛講了他自己就讀高中的女兒的事情。雖然並不是什麼開心事，可是司機說話的時候還不時笑出來，彷彿事不關己似的。

「我認爲那絕對是墮胎噢，可是這些事情男人畢竟了解得不多，而且我老婆已經脫離那種情形很久了，原來那是什麼孕吐，孕吐，突然想吃酸的東西，男人哪，大概就只有這點知識而已。」

「好像是喔。」

「眞的是啊，可是該怎麼說呢，大概是第六感吧，之前還曾經請假回家說是感冒了，回來就一直睡覺，臉色發白喔，確實是吃了感冒藥啦，可是還有營養劑，不是什麼勇健好寶力液那種東西，不是有那種病中病後服用很有效的玩意兒嘛，就猛灌那個，然後就是偷偷摸摸鬼鬼祟祟一直講電話。」

「就算不是那樣，年輕人也很喜歡講電話嘛。」

「是啦。」

小出自顧持續說著，並沒有看乘客的臉。上車的時候曾經看過一眼，之後就沒再看過。小出不喜歡看人的臉，而且這不僅限於客人。

「先生，走高速公路好不好？這個時間應該沒什麼車。」

「喔，當然好，就照你的意思。」

「所以啊，我這兩、三天一直在想，如果能夠知道那些電話的內容就好了，可是我又不願意去偷聽，跟你說，以前我曾經載過一個奇怪的乘客，那已經是三、四年前的事情了，我剛開始跑計程車沒多久，聽那個客人說他是精神科的醫生，他們的醫院住進了一個女人，那個女人可以從電話、錄影機的線還是電纜什麼的，看到裡面流動的電子訊號……」

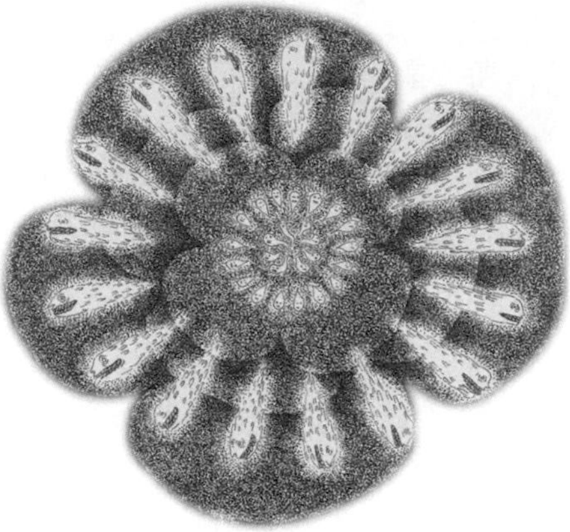

VOL 6

康子

「……你相信會有那種事情嗎？起初我也不相信，甚至懷疑那個人根本就是病人而不是精神科醫生，而且從打扮看起來也不像個醫生，該怎麼形容呢，就好像時下足球選手會穿的那種，穿著那種長下襬的，好像塑膠布做的外套，對了，還留著鬍子，是個氣質很古怪的男人，感覺腦筋似乎很好，還有一雙骨碌碌的大眼睛，可是身高並不是多高。」

是喔，深深靠在後座的乘客這麼說。這傢伙，根本就沒有認眞聽別人講些什麼嘛，小出心裡想。車上有乘客的時候，小出都會盡量想辦法找話說。並不是因爲喜歡講話，而是認爲可以藉此判斷是什麼樣的客人，再者也有益自己的精神衛生。當今的確是不景氣，可是強盜之流並沒有增加。變多了的是，變態。隸屬於同一家車行的司機同事，就有人被美工刀割傷了脖子。犯人是極其普通的中年上班族，並沒有嗑藥，也沒有喝醉。據說原本並不是有意要傷人脖子，而是要剪頭髮。

「有個留長頭髮的同事經常令我很不愉快，所以看到前面好像坐在理髮廳椅子上的司機，不知不覺就想要動手去剪。」傷了司機脖子之後並沒有逃走，渾身是血在計程車上繼續剪司機頭髮的中年上班族，在警察局做筆錄的時候這麼回答。公司也曾經提醒，由於這種不正常的傢伙很多，大家必須充分留意乘客的態度和言談舉止。說是要留意，可是不正常的傢伙也沒辦法一眼就看出來。也有那種原本看起來非常溫和，可是一聽到後方車輛揿喇叭就會鬼吼鬼叫的傢伙。跟客人搭訕，也可以達到讓自己精神安定的效果。以前經常聽廣播，可是現在，也不知道爲什麼，聽的時間長了就會覺得坐立不安。主持人活力充沛滔滔不絕的聲音，感覺就好像，好像會變質成刨得很尖的鉛筆心往太陽穴戳下去似的令人發疼。五年前，剛開始跑計程車的時候聽前輩們說，練習一段時間之後只要乘客上車就可以判斷出是什麼樣的人，可是現在已經沒有那麼容易了解的客人了。若是由對應來判斷，年輕的乘客感覺比較規矩。反應呢，也許該說是比較遲鈍，或者自己主動找話題也不怎麼回應，顯得不太有精神的乘客，小出認爲可以不必提防。因爲就小出的所見所聞，不論世上或者自己身上，都找不到任何讓人精神一振的事情。

從池尻上了首都高速公路之後，小出繼續講那個精神科醫生的事情，這是找不到與乘客之間共通話題時拿出來墊檔用的。

「可是，怎麼說呢，聽說打扮越像路邊小兄弟的人就越是有來頭的人物，還有就是醫生或者學校老師還穿成套西裝的都只是小角色，而那一位似乎是個相當有名的人，爲什麼我會知道這種事情呢，因爲人家跟我提到了國際學術會議，說是要在學術會議上發表，關於那個，可以看見在纜線還是電線裡面傳遞的聲音和影像的女人的事情，我就問啦，這麼重大的事情跟我這種人說沒關係嗎，因爲那個時候我還不相信會有這種事情，嗯，就是那個奇特女人的故事，可是那位精神科醫生似乎並不在意我只是個大腦跟青蛙差不多的人，非常熱心地仔細解釋給我聽，唉呀，當時是都聽懂了，可是如果要問現在是不是能夠對先生您說明，我是辦不到啦，應該是沒辦法講到讓人懂，可是呢，在那之後，我就對人腦、細胞什麼的非常感興趣，還找了好多書來看噢，所以大致有了一些了解，也就是說呢，在我們的腦子裡流動，讓我們可以看見顏色和形狀、聽得到聲音的，據說也都是電流的訊號，我不像醫生那麼會講解，還希望您能夠體諒，可是簡單來說就是電流，而且，在電話或者錄放影機纜線裡面流動的當然也都是電流，而電流這種東西啊，好比說有些動物，即使並沒有接觸到也能夠有所感應，比方說，蝙蝠，NHK那些頻道不是有很多自然生態之類的節目，先生您應該經常看吧，我是很少看啦，可是聽說蝙蝠非常有名，數以百計蝙蝠在狹小的洞穴裡面飛來飛去可是都不會彼此相撞對吧，那是因爲牠們發出電子，藉由電子的碰撞，咦，說錯了，不是電子，那該怎麼說呢，是超音波，聽說是發出超音波來避免互相碰撞，那麼，蝙蝠那個時候究竟看到了什麼，還是說聽到了什麼呢，嗯，具體來說是神經訊號，聽說以目前的科技還沒有辦法了解，牠們跟我們人類不同，具有相對的感知能力，然後，還有什麼來著，我想起來了，應該是微生物，在南美還是非洲的沼澤地區有一種微生物，據說竟然是以電流爲營養來源，其實啊，一般來說，電流這種東西是沒辦法當作養分的，養分這種東西，基本上就是醣類、蛋白質，還有脂肪等等，所謂的有機化合物，有機化合物這個名詞啊，您不覺得聽起來很不錯嗎？我們的身體全部都是由此所組成，沒有其他的東西，所以皮膚才會這麼柔軟，女人的屁股摸起來才會這麼爽，所以我也想來做些什麼，並沒有到進行研究那種程度啦，可是遇到那個精神科醫生之後我就產生了極大的興趣，可是後來才發現真是失策，當時竟然沒有問清楚是哪一所大學，也沒有討張名片，那個女人能夠看到或聽到在纜線中傳遞的電子訊號，這並不是什麼超能力，八成是物理性質的看見，假如說是電磁波的話，那終究還是電子的流動，所以呢，是一種很小的，眞的是非常小的，嗯，一種波，波，那個女人能夠看到的是那種波，這麼想的話就會覺得很不可思議了，可是如果想成受那種電子波動侵襲的話，道理就說得通了，說得通，比方癌症，癌症就是個好例子，最近有關癌症的相關話題相當熱門，好比是否能夠治療啦、免疫如何如何啦、腦內代謝物質如何如何啦，癌啊根本就是另一種生物，癌是不是來自外太空呢，可以說是，也可以說不是，只不過，這麼簡單就推到什麼外太空的話也很傷腦筋，基因究竟是什麼樣的東西呢，說起來好像懂又好像不懂，其實是不懂吧，是這些東西，鳥糞嘌呤、腺嘌呤、胞嘧啶、胸腺嘧啶，這些，這些東西完全掌控了我們的身體，此外還有一種稱爲笑嘧啶的東西，再來就是粒線體，那是化學，如果問基因是什麼，現在隨便抓一個小孩子來問都會一副了然於胸的模樣，任誰都會說，好像念咒語一樣說得很順口，鳥糞嘌呤、腺嘌呤、胞嘧啶、胸腺嘧啶，就像這樣，咦，好像不是笑嘧啶而是尿嘧啶吧，胸腺嘧啶不知道有沒有記錯啊，可是如果問基因跟染色體有什麼不同，就誰也不知道了，染色體是一種螺旋，這種螺旋是由更小的螺旋所組成，而這種螺旋又是由更細更細的螺旋所組成，最小的那種螺旋，就是ＤＮＡ，現在好像都說基因體了，基因體長得不像話，還有什麼外顯子和內含子的，可是全都還搞不清楚，那麼，癌細胞是不是另一種生物呢，其實那是突變，全部都是，好比說我的身體受到紫外線照射，做日光浴也一樣啦，聽說那對身體不好，我女兒曾經在千葉那個叫什麼來著的海水浴場曬了很久，後來形成了嚴重的黑斑哩，至於紫外線爲什麼容易致癌呢，那是因爲紫外線會切斷人類基因體，會切斷基因，不過，基因也不是那麼簡單，首先長度就令人難以置信，據說如果將人類的基因體完全拉直，會有十公分那麼長，咦，是十公尺嗎？還是十公里呢？總而言之就是很長，非常細而且非常長，就好像長鬚狒狒的老二一樣，說到長鬚狒狒，在我老家千葉和茨城的交界處啊……」

從首都高速公路的環狀三號線進入東名高速公路，對向車輛的大燈，還有以等間隔排列的黃色照明不斷向後方流逝。

小出並不喜歡在深夜行駛高速公路，因爲現實感似乎會逐漸喪失。從小到大，他的身體和意識都會出現一種陷入懷疑自己是否眞的身在此處，而如此懷疑的自己是否眞是自己的狀態。直到現在，小出有時還是會將雙手舉至眼前輕輕張開，仔細檢查兩隻手是不是會在不知不覺間軟趴趴地拉長。小時候，他就經常會出現像這個樣子，現實感似乎逐漸喪失的情形。四周被一陣只有自己感覺得到的濃霧所籠罩，周遭的世界彷彿用廣角鏡頭窺看似的逐漸遠離。由於家人、親戚或者朋友之中都沒人有過相同的感覺，雖然世界逐漸遠離令他害怕，卻從不曾對任何人提起。

小出的父親在住家附近的一間油漆工廠工作，母親則在一小塊田裡種玉米和落花生，兩個哥哥各自沉迷於劍道和越野機車，在那一帶的街坊中算是極其普通的家庭，成長在那裡的他根本就無緣接觸到精神醫學的相關書籍或者諸如自閉症、自我感消失症（depersonalization disorder）這些名詞。再者，這種情況並不會對日常生活造成影響，所以小出一直以爲偶爾會喪失現實感或許是一般人都有的現象。大家都不時會有這種經驗，只是覺得沒什麼好說的才都沒開口表示吧，小出這麼認爲。

升上小學高年級的時候，附近開了一家小型動物園，全家曾經一起去玩。來到長鬃狒狒的籠子前面之前原本很快樂。坐在草地上吃便當，平常沈默寡言的父親喝著罐裝啤酒打開了話匣子，看起來非常開心。當時三隻長鬃狒狒中的一隻正在手淫。紅通通的生殖器雖然細，卻伸長到匪夷所思的長度，看在眼裡，小出明白周遭的風景將如往常一樣開始變得奇怪。雖然從小已經有過無數次周遭的景色失去了眞實感的經驗，可是那隻長鬃狒狒的生殖器卻記得特別清楚。還有就是，有如爬蟲類的舌頭一般，紅通通而且細的猿猴生殖器，彷彿會無限延伸似的。而且好像可以聽到黏答答蠕動的聲音。

以小出的情況來說，非現實的前兆與象徵，並不在於出現日常的時間或者空間遭到截斷這種影像，而是包括自己在內的某種動物身體的一部分或者器官會突然開始伸縮。搭載了診療過奇特女病患的精神科醫生，聽聞種種見解之後，小出首次對人類的精神與肉體產生興趣，隨後並且去找書來讀，可是看到基因非常細非常長的部分時就打住了。因爲會將DNA聯想成像是長鬃狒狒生殖器那樣的東西。對向車輛的大燈以及路旁裝在燈桿上的黃色照明，從旁通過時的速度不同。那交錯的空檔令小出感覺很不舒服，彷彿出現了什麼軟糊糊的東西正要伸長似的。心生恐懼的小出不得不暫時忍耐，克制住自己想要就這麼開車往某處衝撞過去的念頭。

從川崎下了東名高速公路，往府中方向走了一段，送乘客抵達一棟磚造公寓，回程決定走國道246號。在一家深夜營業的拉麵館前面，一個中年婦人站在那裡招手，小出讓她上了車。「呀，可眞冷啊。」女人說著坐進車裡，然後告知目的地是板橋，就掏出行動電話講了起來。

「喂，是我，怎麼還沒睡啊，嗯，有沒有乖乖吃飯？冰箱裡不是有焗通心粉，用微波爐熱一下就可以吃啦，再等一下，我因爲先送客人回去，才弄到這麼晚。」

女人大概將近四十或者四十出頭，化妝並不是很濃，搽了味道高雅的香水。以特種營業來說算是高等級的吧，小出心裡想。老婆去世的時候不也是差不多這個年歲嗎。

「沒辦法呀，是人家要求我送的，別孩子氣了，是橫山先生噢，可不是妳所想的那種人，只是打烊之後大家一起去讓他請而已，妳明天還要上班，早點去睡吧，我原本只想在答錄機留個話，沒想到妳竟然還沒睡，對了，仔仔的飼料沒有了，明天能不能去幫我買？啊？

什麼？等一等，我聽不清楚，先把電視關掉啦。」

這孩子果然比較散漫，康子想著妹妹的事情。明明知道我會晚歸卻還在看電視，不去睡覺。好不容易才找到一份事務性質的新工作，眞是的，何況深夜的電視節目大多很無聊，以前也曾經講過，既然要熬夜，不如去借好的電影回來看。可是，那孩子搞不好是因爲過去一直都很孤單，所以才會這樣等門吧，想到這裡，康子盡可能溫柔地說：「我就快到家了。」然後掛斷電話。

康子並非這個女人的本名。眞正的名字只有她本人知曉。同住的也並非她的親妹妹。是在哪裡呢？記得是在池袋撿回來的女孩子。聽到「就過來一起住，當我的妹妹吧」這番話，沒有棲身之所的女孩子就滿心歡喜跟來了。撿女孩子回來當妹妹養一陣子再甩掉，這種情形一再反覆發生，現在是第七人。

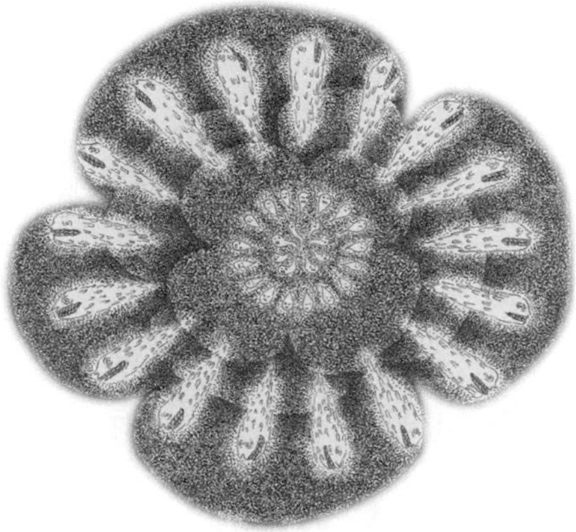

VOL 7

明美

「小姐，入夜之後真的變得好冷喔。」

司機開口搭訕。要開始與陌生人交談的時候，首先必須決定名字。名字非常重要。就用明美這個名字吧，女人心裡想。我是明美，這麼告訴自己之後便安心了。我是明美，我是明美，我是明美，我是明美，我是明美，我是明美，我是明美，我是明美，我是明美，我是明美，我是明美，我是明美，我是明美，我是明美，可以不必擔心了，我是明美。明美就這麼在心中默念這個名字，整整三十遍。

「真的，到了冬天可就更傷腦筋了。」

「說的也是，只不過季節可是不會等人的。」

「是啊，季節可不會等人的。」

「或許這麼說很失禮，該怎麼講好呢，小姐，我覺得您長得很美，由於職業的關係，我習慣在乘客上車後隨即判斷他們可能從事哪一行，以時間來說，真是不好意思，這種時候特種營業的客人比較多，可是小姐您不一樣，起初我也懷疑有那個可能，可是不是，沒錯吧？」

「這我就不知道了，搞不好我是在特種營業上班的噢。」

「喔不，從談吐來看不像，最近的酒小姐啊，就連講話方法都不了，跟高中女生沒什麼兩樣。」

「我是酒小姐噢。」

「咦，眞的嗎？我實在是不敢相信。」

明美十六歲的時候就下海陪酒。出生於北陸的中都市，在一個開業醫生家庭長大。小學的時候得知自己是養女。親生的父親，聽說是個自己過去一直喊他「叔叔」的人物。叔叔住在南美，每隔個三、四年會到明美家拜訪。那個叔叔是自己的親生父親一事，並不是從雙親那裡聽來的。是因爲那個叔叔的另一個女兒突然找來家裡。那年明美十一歲，當時沒有其他人在家。另一個女兒比明美長七歲，見面的第一句話是，妳果然也長得很美。那個女人講了許多有關叔叔的事情。很奇怪的是，在那之前原本對叔叔有很深的印象，可是聽了那個女人講述之後，記憶竟然變得模糊不清。並非刻意要去忘記，如今卻連長相都想不起來。直到現在，也依然不知道叔叔是個什麼樣的人。那個女人之後就沒再來過。當時雖然到附近的公園聊了將近兩個小時，可是內容卻根本都不記得。只不過，女人說了好幾次「妳果然也很美」這句話。那個女人也長得很漂亮。這件事情，明美並沒有對雙親或任何人提起。並非打定主意不講，而是一思考這件事情就會頭痛欲裂，自己自然而然就脫離了這件事。那女人來訪之後過了兩年，升上國中的明美便開始與各種男人上床。兩度懷孕、墮胎。一再離家出走，每次都被找回來，可是十六歲時結識了一個從京都來的貿易公司職員，兩人就私奔了。在那之前，她鬼混的對象都是同學或者地痞之類的當地人，所以逃家之後的去處都隨即被查出，可是雙親沒辦法找到那個貿易公司職員在京都的住處。與貿易公司職員沒多久之後便分手，隨即又找到下一個男人。獨自走在鬧區，或者在酒館一個人喝酒，馬上就會有男人過來搭訕。明美換男人的速度非常快。並不是因爲感到膩了，而是一旦有別的男人靠過來，而那個男人的態度和外貌在許可範圍之內並且死皮賴臉纏著，她很快就會跟對方發展成男女關係。十八歲之前交往的對象主要是幫派份子。雖然有段時間甚至還是頗有份量的大哥的女人，可是她一直在俱樂部當酒小姐。她喜歡在俱樂部上班，因爲可以認識形形色色的男人。

女人對司機自稱是某知名作曲家的情婦。

「耶，我一直以爲有這種境遇的人，怎麼說呢，好像是不幸的代名詞似的，看來並不對喔，人生還眞是難測哪。」

「難測嗎？所謂不如意的事情十常八九，不過還是有活下去的價值噢，我呀，二十二歲的時候認識他，當時大學剛畢業，還年輕嘛，以爲那就是命中注定的邂逅，覺得全世界就只有他一個人了，這種感覺你懂吧？至於對方，當時已經年近四十，自然也已經有家室了，原本還期待他會離婚再娶我，可是這種想法實在太天眞了，而後已經過了將近二十年，怎麼說呢，如今我經常會想，如果跟他結婚的話，不知道愛情是不是能夠維持這麼長久，他是個音樂家，也出過許多書，常常會講一些我不明瞭的事情，比方說，人類該如何防範近親相姦，男性哪，爲了得以交合而天生具備攻擊本能，不是有這種說法嗎？據說沒有這種本能就辦不到了。」

「啊，我好像可以明白這個意思。」

「有道理吧？如果朝夕相處，男人不是就會變得越來越沒有上床的興致嗎？所持的理由往往都是什麼已經膩了，其實不對，這是朝夕相處的結果，會變得過度親密……好比女兒就是一直生活在一起，然後越長越大，嗳，胸部也會越長越大噢，但是卻能夠不動想入非非的念頭，可是呢，如果一直不在身邊，長大成人之後才又相遇，就可能因爲不知情而相姦，這種事情經常有對吧。」

嘿，果然是會拿筆桿的人，腦袋和我們這種人就是有哪裡不一樣，司機不禁感到佩服。若是沒有攻擊的本能，男人就不會產生性愛的慾望，這個論調明美相當喜歡。這個論調是從一個曾是某大學教授的男人那裡聽來的。與教授相識於銀座的俱樂部，上過兩次床，由於當時明美仍與黑道份子同居，事後就加以恐嚇，在那個年頭就勒索了兩百萬。勒索成功，但教授卻因此而辭去大學教職，由於那是一家走高格調路線的俱樂部，明美有黑道撐腰的事情曝光，也就這樣被炒了魷魚。雖然後來與那個黑道份子斷了男女關係，可是十幾年來仍然繼續來往。一旦發現了合適的客人，就與那個黑道份子合作，恐嚇對方拿錢出來擺平事情。

「所以啊，他經常對我說，雖然不能夠娶我，可是，我們可以一起走下去，有沒有結婚，大概只有去夏威夷在機場接受入境審查的時候是一同或者分別辦理的差別而已，唉，或許並不只是那樣，可是不也有那種貌合神離的夫妻對吧？一起走下去這種說法，我好像可以理解。」

聽了這番話，司機表示最近才經歷喪妻之痛，忽然流下了眼淚。明美最喜歡這種時刻了。這種時刻，在自己的心中，謊話不再是謊話。雖然自己所說的幾乎全是謊話，但是明美認為只要能夠令他人感動、產生恐懼，或是造成影響，那是事實也好謊言也罷似乎並不重要。何況眞實這種東西哪裡都找不到，即使有也不是什麼值得重視的東西。

「如果能夠一起走下去，就會一同經歷各種事情，並且帶著那些回憶一同活下去，老了以後，還可以兩個人在景色優美的地方散步，一面聊著往事。聽了會讓人想哭對吧？這都是他說的噢。」

一起走下去這句話，是在赤坂當酒小姐時認識的一個出版社高層人物說的，那是一家專門出版辭典的出版社。上過床之後原本企圖勒索，可是對方也有熟識的黑道，情況變得很棘手，明美也沒法繼續在赤坂混下去。過去雖然曾與無數的男人有過關係，可是明美覺得自己最喜歡的也許就是那個出版社的高層人物。但是只上床一次，一起吃飯也只有兩次而已。那個高層人物曾說，明美有病態說謊症。妳是個可憐的女人，以前八成曾經被騙得很慘吧。當時明美聽了勃然大怒，可是現在如果有個神仙現身賜予一個可以和任何一個喜歡的人見面的願望，她想見的應該就是那個高層人物。可是她並不明白，自己為什麼會喜歡那個人。

「謝謝妳，讓我長了這麼多見識。」

明美下車時計程車司機這麼說。

果然猜得沒錯，妹妹還沒睡，正在吃洋芋片喝烏龍茶看深夜電視節目。跟妹妹同住至今已經將近三個禮拜。差不多也該把她攆走了，明美如此盤算。妹妹是個肥胖、喜歡帽子的女人。搬行李過來的時候，旅行提袋裡塞滿了帽子。而且全都是非常廉價的帽子。臉部的整體感覺算尖，眼睛浮腫，塌鼻子。結識的地點是在池袋的東武百貨公司地下超市，妹妹兩眼無神坐在長椅上吃著葡萄乾麵包，邊吃邊掉麵包屑，很不像樣。一上前搭訕立刻就跟著走了。有女同志傾向的妹妹聽到有人問要不要過來同住，顯得非常高興。搬行李過來那天，明美這麼對妹妹說。

「基本上我算是個溫和的人，會溫柔對待妳，只不過，希望妳能夠每天配合一次有些奇怪的舉動，我啊，會揪住頭髮把妳的臉摁進水中，妳一定不明白我爲什麼會這麼做對吧？我猜妳八成有個不堪回首的少女時代，因爲我也一樣所以知道，跟妳說，孩提時代遭受虐待的人，很不容易喜歡自己，潛意識中會認爲自己惹人嫌而想要給予一些懲罰，這是相當痛苦的事情，所以呢，如果認定某個人而願意奉獻一切給對方並且主動接受體罰的話就能夠獲得救贖噢，明白嗎？所以每天晚上，我會揪住頭髮把妳的臉摁進水中一次，一個禮拜之後，妳就會發現自己有所改變，被揪住頭髮摁進水裡這種儀式，是古代印加帝國所舉行的一種祕密儀式噢。」

明美相信，藉由撿回年輕、貧窮、懦弱而且長得醜的女孩子再加以拋棄這種行爲，可以讓對方背負自己的霉運。先是非常溫柔對待，而後再施以將臉悶進水中、用打火機燒頭髮、捆綁起來帶出去、用針刺屁股等等虐待行爲，有一種類型的女孩子便會認爲這種行爲就是愛情。這種類型是指，生長在非常不幸的家庭，而且頭腦很不好的女孩子。養到覺得膩了之後就攆走。這種時候最重要的一點是，將自己當時暫時設定的名字安在那個女孩子身上再攆走。

「好啦，站起來。」

那女人這麼說。反應慢了一些，立刻就被扯著頭髮拉起來。

「從現在起，妳的名字叫做明美。」

由於那女人這麼說的時候表情比平常更恐怖，令人心生恐懼。自己就叫明美好了。是，我的名字叫做明美，明美這麼說。被揪著頭髮拉進浴室，又被要求脫光衣服。明美決定乖乖照辦。知道又要被虐待了，同時也發覺似乎跟往常有什麼不同。雖然害怕被那個女人虐待，但自己又不是全面排斥。被揪著頭髮，臉被壓進裝滿水的浴缸中，少則幾次，多的時候可達幾十次。雖然難受，可是只要忍耐過去，那個女人就會溫柔相待。長得那麼美麗，想必是哪家酒店的第一紅牌吧，又富有，擁有數百件只在雜誌上面看過的名牌服飾，一同去便利商店或者小館子的時候都會吸引眾人目光，感覺很好。而且，悶水之後，就會產生一種自己好像熬過了某種重大事件，突破了一個重大關卡的心情。這種感覺還不錯。可是，那個女人今晚的模樣似乎有哪裡不太一樣。搞不好自己會被趕出去，明美這麼想。對方可不是哭著討饒就會放手的那種人。明美喜歡這個女人，雖然不願意被趕出去，可是自認也沒辦法反抗。接著，那個女人開始在浴缸中燒起帽子來，明美大感意外。儘管苦苦哀求，那個女人卻說：「跟著妳的惡靈全都寄宿在這些帽子裡面。」並沒有住手。那女人在滿是帽子灰燼的浴缸裡放了水。明美被扯著頭髮壓入其中。悶在水裡的時間比過去要長，一方面覺得這樣下去有可能被殺，可是又覺得果真如此的話倒也不壞。抓著頭髮搖晃明美的腦袋，那女人一如往常說起印加帝國的事情。

「妳這個笨蛋，大概什麼都不知道吧，古代印加帝國的人認爲，靈魂是寄宿在名字裡的，所以更換名字的話靈魂也會隨之改變，告訴妳名字就是將靈魂託付給妳，從今以後妳就成爲明美，一個人活下去吧。」

明美帶著變成灰燼的帽子被逐出公寓。被逐出的時候沒穿衣服，身體又溼淋淋的，非常冷。在公寓的走廊穿好唯一得到的洋裝，穿上拖鞋。雖然不知何去何從，帽子全部化爲灰燼也令她非常難過，可是又覺得惡靈果眞已經消失，明美決定就先去板橋的車站看看，邁開了步子。

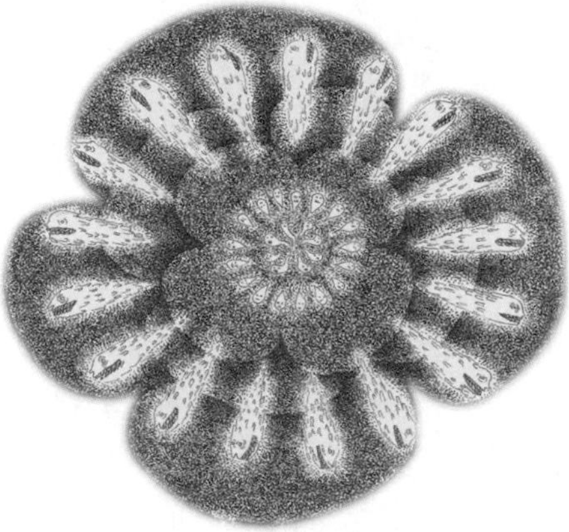

VOL 8

薰

明美一路不時回頭張望，心裡想著，不知道那個美麗的女人會不會從後面跟來。一方面期待她跟在自己的後面，另一方面又害怕對方眞的跟來。走在上板橋住宅區的路上。不知道是什麼原因，這一帶似乎住了不少從事特種營業的人，建築物裡仍有許多亮著燈光的房間。只要是還亮著燈光的人家，應該很容易找到容身之處。既然連頭被悶進裝滿水的浴缸、頭髮被燒都願意忍耐，大概不論哪戶人家都會輕易開門讓自己進去吧，明美這麼想，搖搖晃晃走向一棟奶油色的公寓。磚造，與那個美麗女人的高級公寓相比顯得較接近尋常百姓，或許會讓我住下來而且不必忍受太過分的對待吧。來到二樓亮著燈的一戶門前揿了電鈴。

「誰啊？」

一個男人探出頭來。瘦削，四十多歲到五十出頭，瞇瞇眼的男人，身穿深藍色佳績布料套裝。晚安，明美打了聲招呼並且一鞠躬。應該會讓我留宿吧，可是如果遇到太過分的待遇也很傷腦筋。

「咦，妳不是秋山的妹妹嘛？」

雖然沒聽過秋山這個名字，可是那個美麗的女人經常換名字，或許在這裡用的是這個名字吧，明美心裡這麼想，嘴上回答：是的。

「醫院探病的時間已經過囉，什麼時候出來的？」

男人說著開門讓她進屋。寒酸的屋子，只有狹小的廚房加上三坪大的房間。幾乎看不到可以稱爲家具的東西，榻榻米上面有幾個裝了書籍雜誌的紙箱，散發出即食食品的味道。泡麵或者杯麵之類的味道。棉被胡亂堆在角落，卡式收錄音機小聲播放著深夜廣播節目的流行歌曲。

「可是，通電話的時候也講過，好像沒什麼大礙，胸部骨折，如果有碎片刺入內臟的話就會有危險，幸好並沒有那種狀況，只要一段時間就能夠痊癒，畢竟骨折總是需要時間癒合的嘛，一定要耐著性子治療才行，沒有保險，這個好像也在電話裡說過，我們沒有社會保險或者其他任何保險，這一點很麻煩，雖然說也有這樣的團體，可是一牽扯到這種問題，可能以後工作就輪不到我們了。」

男人站在狹小的廚房，開始燒開水。男人講話時帶有北部哪個地方的口音，這令明美安心不少。明美出生在寒冷的地方，可是鄉下的事情已經記不太清楚了。只要避免去想起，不知不覺間就從腦海裡消失了。被那個美麗的女人燒頭髮、悶水的時候，一想到鄉下的事情頭就會疼。所以自己決定絕對不要去想起。遇見那個美麗的女人之前，明美就經常挨揍，動手的主要是男性。父親也經常揍明美。忘了是那個美麗的女人，還是之前收留過自己的幾個男人中的哪一個曾經說過，經常挨揍的人，雙眼會變得無神。明美並不知道自己的雙眼無神。

「妳的模樣可眞狼狽，是得到消息之後就直接趕過來的嗎？」

雖然不明白男人究竟在說什麼，明美還是點點頭，因爲覺得點頭比較好。相較之下，點頭同意要比搖頭表示拒絕而遭受悲慘待遇的可能性要來得低。忘了過去是對什麼事情、又是對什麼人表示不願意，結果耳朵附近立刻遭到重毆，事後去醫院檢查，醫生說是鼓膜破裂。當時的疼痛好幾天之後才消。那種感覺好像並不是自己身體的某處疼痛，而是自己的身體外面有一種叫做疼痛的生物會定時來攻擊。進屋的時候並沒有注意，原來堆成一團的棉被旁邊還有個籠子養著什麼小動物，正來回走動發出窸窸窣窣的聲音。明美非常討厭動物。

「那，妳媽媽是不是明天會過來呢？妳是搭夜車來的囉。」

聽男人這麼說，明美又點點頭，眼睛望向牆角的小動物。

「啊，那是良雄，很可愛吧，我堂弟的名字也叫做良雄，上次來的時候，知道那隻家鼷鼠竟然和自己同名，氣得不得了呢，可是，一個人就是會寂寞，像這樣有個可以叫名字的對象就安心多了，妳叫什麼名字？」

明美，她說。

「唔，明美啊，明美肚子餓嗎？」

有一點，明美回答。男人聞言便表示要去便利商店買些東西，披上螢光橘色的運動外套，留下明美出門去了。明美打算殺了那隻老鼠。走向廚房，在流理台找了個髒鍋子。鍋裡黏著已經腐爛的肉屑菜渣，臭得要命。洗也沒洗就直接裝了水，放在廚房地板上。把老鼠拿過來，打算連籠子一同浸入鍋中，可是籠子太大，沒辦法塞進去。老鼠發出尖叫。你的名字不叫良雄，明美喃喃說道。你的名字不叫良雄，你的名字不叫良雄，你的名字不叫良雄，你的名字不叫良雄，你的名字不叫良雄，你的名字不叫良雄。想不出其他的名字來，那個美麗的女人爲什麼可以想出那麼多名字呢，明美覺得很不可思議。打開籠子，試圖抓出老鼠，不料指尖被老鼠咬了。只咬到一點點，可是非常痛。蹲下身子忍住痛的時候，企圖逃走的老鼠自行落入鍋中。裡面裝滿了水。老鼠努力抓住水面腐爛的白菜，拚命划動有如白色火柴棒的腳。被咬的手指流血了。既沒辦法改變良雄這個名字，也沒能夠殺死老鼠，如果男人回來，我的下場一定很慘吧，明美心裡想。會有淒慘下場的預感並非影像。並不是腦海中會浮現自己正遭人毆打的畫面，而是有物理性的疼痛自身體的某處甦醒。以前上自然課的時候曾經學過，人體內有電流在流動。據說神經與神經之間也是靠電流來負責連絡。這種事情明美清楚得很。因爲，無法忍受的疼痛一直持續的時候，就會感覺有股電流在身體裡流竄。那種電流，會隨著暴力的預感，如同實際挨揍或是被燒燙時的反應一般向身體襲來。老鼠在鍋裡繞著圈子。明美抓起掛在房間牆壁上的灰色運動外套奪門而出，穿拖鞋的時候還差一點把鞋給踢飛。

邊感覺著電流邊走下磚造公寓的樓梯。寒冷似乎與電流混合在一起，逐漸纏上了身體。被那個美麗的女人攆出來的時候，不知道是否因爲恐懼與驚嚇的緣故，並不怎麼覺得寒冷。看了看腳下。這麼冷，爲什麼自己竟然只穿了拖鞋呢？她心裡想。這種情形從小就經常發生。爲什麼要一直站在這麼冷的地方呢？明明就這麼冷，爲什麼自己只穿著一件洋裝呢？爲什麼耳朵流著血卻沒有包紮呢？明明就很渴，爲什麼不討水喝呢？自己腦袋的大部分都用來反覆提出這一類的疑問。沒穿襪子的腳起了雞皮疙瘩，好像粗糙的紙一樣。

運動外套散發著貧窮老男人的味道。走在住宅區的路上，明美發現自己已經弄不清楚板橋的車站在哪個方向，同時那貧窮老男人的味道讓她想起了父親。父親在一個小鎮的瓦斯公司上班，那是個緊鄰頂上會積雪的高聳山脈的小鎮。原本坐辦公室的父親，年過四十之後開始在外面奔波負責收款。母親是美容師，在住家附近的美容院工作。店名叫做法蘭西美容院，門前掛著繪有法國國旗的招牌。父親和母親都會揍明美。雖然還有一個哥哥一個妹妹，可是挨揍的就只有明美一個。自在外面奔波收款的時候開始，父母的感情交惡，雙方揍明美的頻率也隨之增加。全家五個人，如今回想起來，簡直就溫馴得如同死人一般。因爲妳是我們家最強的，爸媽才會有恃無恐揍妳，講話方式類似飼養名叫良雄的老鼠這個男人的哥哥，在明美離家出走的時候曾經說過類似這種意思的話。哥哥後來因爲迷幻藥而被捕入獄。

在住宅區邊緣有個夾在大排水溝與貨運公司之間的小公園，幾個年輕人正在裡面毆打一個人。接著看見螢光橘色的運動外套倒向地面，才知道挨揍的是那個老鼠主人。公園在接觸不良的閃爍路燈下呈現蒼白的顏色。老鼠主人蜷著身子用雙手護住臉和腹部。那些年輕人像是練習足球的發角球一樣，助跑個兩、三步，相準雙手間的空隙，輪番去踢老鼠主人的肚子。或許是街燈閃爍的緣故，年輕人的剪影微微顫動，看起來很美。眞像是皮影戲啊，明美心裡想著，就這麼直接從公園旁走過。

在滿是汗臭的運動外套口袋裡掏到五百圓硬幣一枚以及三張千圓紙鈔，明美來到酒館街一家深夜營業的喫茶店，點了可可。店裡空盪盪的，服務生送來可可時便主動找客人聊起來。

「喜歡山嗎？」

還好囉，明美回答。

「我也不是眞有多麼喜歡，可是白雪皚皚的山在夕陽下非常美麗噢，妳知道嗎？」

知道，明美說。老家好像就有這種風景。雖然過去從不曾覺得那有什麼美，可是服務生一臉親切，所以才這麼回答。這個服務生是明美所見過最瘦的人。

「爲什麼我會跟客人說這種事情呢，因爲最近正好有些經驗，其實啊，我正在拍電影。」

「電影？」

「嗯，正在拍電影，只是個小作品啦，ＰＩＡ所舉辦的影展，知道嗎？」

「ＰＩＡ是？」

「就是一本情報雜誌嘛，他們也銷售各種門票什麼的，Ticket PIA，沒聽說過嗎？」

「我不看電影的，也不去聽演唱會。」

「原來如此，可是，PIA很有名哩。」

「想必是吧。」

「拍出來的作品，我打算拿去報名參加好比那個PIA所辦的影展，是八釐米的，因爲我討厭錄影帶，所以用八釐米來拍片，我之前的中古BOLEX壞了，就跟朋友借了一部攝影機，非常老的攝影機，那個朋友，是我高中同學，他的父親是個了不起的學者，在大學教書，在細菌的研究方面非常有名，喜愛登山，在登山界也很有名，是什麼山來著，後來跟一個知名的登山家一起去的，好像是喜馬拉雅吧，也去爬那種山噢，眞是了不起，喜馬拉雅耶，可是已經不幸去世了。」

「去世啦？」

「嗯，已經去世了，是那個朋友的父親所擁有的攝影機哩，大概已經有四十年歷史的八釐米攝影機，這種機器啊，轉動底片的聲音眞是好聽，喀噠喀噠的，轉動的聲音眞是好，我就是借了這個回來。」

打扮很可怕的女孩子哦了一聲，用極緩慢的速度喝著可可。原本以爲這個女人會對藝術感興趣，看來是判斷錯誤了，薰這麼想。若非搞藝術的人還一身如此打扮，究竟是個什麼樣的女人哪，實在是想不通。即使如此，因爲夕陽下的雪山的事情從沒有對任何人提起，還是繼續說下去。

「拿到這種攝影機，第一步一定是進行保養，可是我又沒空，如果不立刻開拍的話，另外接了案子的女演員就要去塞班了，兼差去當模特兒，雖然擔心沒辦法順利拍攝，我還是用那部八釐米攝影機，說老實話，我根本還不太會操作，可是呢，攝影機裡面已經裝好了底片，我猜搞不好是朋友幫我裝的，再說我又沒有暗房，所以就決定直接用那底片來拍，於是拍攝、沖洗，昨天看了成果，實在太意外了，唉，我根本什麼也沒有拍進去，全都是黑的，不知道犯了什麼嚴重的錯誤，可是接下來，因爲是我自己一個人的放映會嘛，一瞬間，只有一瞬間噢，出現了夕陽下雪山的影像，感覺就好像閾下（subliminal）效果似的，讓我起了雞皮疙瘩，剛才看到的究竟是什麼啊，我的心頭不免一驚，後來檢查底片一數，只有十一格。一秒鐘二十四格，所以算起來只有零點幾秒對吧，妳能了解嗎？我從來沒有見過那麼令人震撼的影像噢，是那位登山家兼細菌學者很久以前拍的，因爲年代久遠，影片嚴重變色，對了，就好像用中途曝光（solarization）處理過一樣，整體的色調偏橘色，那一瞬的雪山，眞是美啊，那簡直可以稱爲電影了，妳說是嗎？」

是啊，打扮很可怕的女人說著點了點頭。女人的運動外套散發出濃濃的臭味。反正從來沒跟別人提過的事情已經講完，薰覺得夠了，於是離開了女人這一桌。

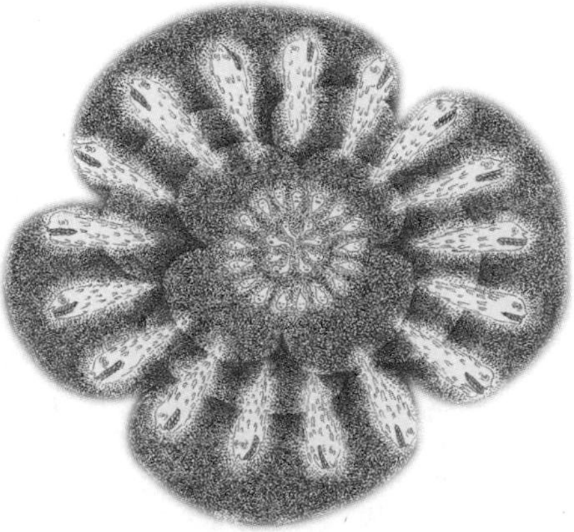

VOL 9

則子

薰看了看手錶，確認還有十五分鐘下班。可以收工啦，反正已經沒客人了，吧台裡的老闆這麼對薰說。老闆是個四十出頭的老實人，聽說是因爲喜歡泡咖啡才會投入這一行。也不知道什麼原因，就是一直都很喜歡泡咖啡，或許是因爲味道吧。老闆結過婚，現在孤家寡人，可是並非同志。薰來自鄉下，經常被同志看上。薰，眞的可以換衣服去啦，老闆柔聲說道，手上邊磨著咖啡豆。反正電車已經收班了，就再待一會兒吧，可以嗎？薰邊擦拭著玻璃杯邊朝吧台這麼說。嗯，當然可以囉，那好吧，店裡進了一批土耳其的咖啡豆，我泡給你嘗嘗看，大概沒有多少人知道，土耳其也出產很好喝的咖啡，老闆說著從架子上取出一個裝咖啡豆的新罐子。店裡設有吧台以及四張桌子，牆壁上掛著寫有近百種咖啡的菜單。菜單上面還加了一些插圖，好比巴西就是矗立在山頭上的基督像，吉力馬札羅則是持長矛的馬賽族等等。由於老闆的喜好，擺設的桌椅都採用了活用木紋的設計，可是在上板橋的酒館街並沒有多少喜歡這種調調的客人。老闆是獲得遺產才開了這家店。原本開店的地點考慮的是代官山或是惠比壽這一類的地方而非上板橋，無奈雙親留下了不可離開上板橋的遺言，沒辦法那麼做。

土耳其的咖啡泡好了，味道如何？老闆想知道薰有何看法。酸味比較強，不過很好喝，薰說。那個客人怎麼了？老闆看著那個打扮極可怕的女人，皺起了眉頭。

「那身打扮可眞夠嗆的。」

「味道也很嗆喔。」

「跟你講過我以前去邁阿密的事情嗎？」

老闆二十出頭到三十五歲左右都在貿易公司上班。聽說是負責引進度假區的開發技術，曾在世界各地的度假區到處跑。沒聽過邁阿密的事情，所以薰回答沒有。不只是邁阿密，老闆以前很少講起海外的事情。似乎認爲這些事情根本不值得一提。

「我去邁阿密，已經是將近十五年前的事情了，那裡大致可以分爲市區以及邁阿密海灘兩部分是吧？」

老闆這麼問薰，彷彿這是理所當然大家都知道的事情。雖然薰並不知道，還是「哦」含糊地應了一聲。當別人以一種理應知曉的態度跟自己談起一件自己並不知道的事情時，薰就會覺得不舒服到連自己都難以置信的地步。眼前變得一片黑暗，甚至想要尋死。會覺得自己是個沒有活下去的價值的人。只要老老實實說不知道就好了嘛，薰感到後悔。雖然總是這樣事後感到後悔，可是已經太遲了。會產生一種爲世界所遺棄的感覺。

「那時我住在邁阿密海灘一家，怎麼說才好呢，全部都是豪華套房的飯店，在邁阿密，朵拉（Doral）雖然很有名，可是那一家在飯店的等級上面比朵拉還要高，我每天在那裡吃哲蟹，對了，最近也在日本開了分店，非常有名的，叫什麼來著，啊，想起來了，叫做喬伊哲蟹餐廳（Joe's Stone Crab Restaurant），你聽過吧？」

不論朵拉或者喬伊哲蟹餐廳，薰聽都沒聽過。難道大家都知道嗎？薰感到不安。薰瞧不起老闆，認爲他是個連藝術的藝都不會寫的俗物，生命的意義就只有咖啡而已，可悲。沒辦法跟這個人談電影的事情，就算講了他也絕對不會懂。可是，自己不知道的事情，這個人卻眞的很清楚。而且，用那種理所當然大家都知道的方式來講。感覺就像是在談論上板橋、惠比壽，或者代官山一樣，談論著邁阿密海灘的事情。在這個人的眼中，上板橋跟邁阿密海灘一樣純粹只是地名而已。自己可不同。自己並沒有去過邁阿密海灘，或許有些嚮往，至於上板橋則是非常瞧不起，認爲這裡只是個沒格調的、窮人居住的地區。可是，老闆雖然住在這個上板橋，卻並不嚮往邁阿密。

「邁阿密的市區裡有條商業街，那裡也有日本餐廳和壽司店，數目還不少，可是，邁阿密海灘的日本人很少，因爲那裡的治安一直很糟，嗯，總之就不是個適合日本人居住的地方，古巴人、海地人、波裔美人佔多數品質並不好，我在那裡的時候，邁阿密海灘新開了一家壽司店，聽說師傅也是日本人，所以我跟朋友立刻就去捧場，除了我們之外的客人全都是當地人，師傅見了我們非常高興，說『終於有日本人來啦』，我問師傅怎麼回事，他說『請看看那邊』，指了指一個美國客人，那個美國人啊，把裏卷壽司捲在外面的壽司飯，用筷子撥開，澆了一大堆醬油來吃，碟子裡滿滿的醬油，不論米飯、料或者海苔都爛爛地混在一起，根本分不出什麼是什麼了，那個樣子不就失去了卷的意義了嘛，師傅這麼說，『就是說啊。』

我們都深表同情，同樣的道理，在這家店，即使是可可，我所使用的原料也都是來自哥倫比亞的可可豆。」

老闆說完這些就又回到吧台裡，開始混合咖啡豆。打扮極可怕的女人，恍恍惚惚地盯著桌面，偶爾像是想起來似的將可可送到嘴邊，發現裡面早就空了，才又把杯子放回去。看著這樣的女人，薰就很想尋死。爲什麼會這個樣子呢，薰心裡想。小學的時候薰曾經做過智力測驗，獲得170的成績。老家在九州，雙親都是企業的律師，年長三歲的姊姊進了九州大學的醫學院，弟弟念的則是大阪大學的理學院。薰的智商雖然比他們都高，如今卻這個樣子，在上板橋鬧區邊緣的深夜喫茶店喝著土耳其咖啡，而後去跟像是遊民一樣的女人收可可的飲料錢並且道謝。你是我們家頭腦最好的，雙親一再這麼說，薰自己也一直這麼認爲。進入九州一所資優的私立高中之後的日子，薰仍然在看不起其他所有同學的情況下度過。認爲他們的層次完全比不上自己。雙親在那所私立高中旁邊爲薰準備了一間公寓，還說進入東大法學院之後要買一間公寓給他。這個世界上的律師和檢察官多到數不清，薰這麼想。通過司法考試的傢伙更是多到可以用掃的。我跟那些傢伙可不一樣。在學校裡雖然有許多朋友，可是薰也以層次不同爲由而鄙視他們。高中二年級時認識了一個四國舊財閥家族的小孩，名叫惟光。惟光的志願是成爲電影導演。爲了前往義大利的電影學校，已經聘請了義大利文和英文的家教老師。薰將惟光視爲終於出現了的唯一競爭對手，可是仍然認爲還是自己比較優秀。薰撰寫劇本，寄到東京去給一個知名電影製作人。合作對象主要是國外電影圈的這位製作人也得過許多獎，薰從小就認為只有這傢伙是與自己同等級的人。還附上了一封自己盡可能寫得謙遜的信。我非常尊敬您，個人以為，我和您一樣都是獲選而誕生在這個世界上的人，其實我的智商高達170，這是一種象徵天才的數值，所以身邊的朋友全都不值一哂，我實在是瞧不起他們，想必您一定能夠了解我這種煩惱。對方根本就不予理會。不論寫了多少遍都沒有回音。從文化人年鑑之類的資料查出對方的住家地址，薰趁暑假親自登門拜訪。製作人一個人住在東京世田谷區一棟河邊的公寓大廈裡。您好，我曾經寫過信來，才剛打了聲招呼，就換來一頓臭罵。原來你就是那個糾纏不休一直寫信來的笨蛋啊，你是不是搞錯啦?給我聽著，有一個總部設在巴黎的二百俱樂部，那是一個由智商超過200的人所組成的俱樂部，也有非常多日本會員，多半是股市名人或者證券業者，那才叫做智商，你只是個厚顏無恥的傢伙，爛透了，沒辦法，鄉巴佬就是鄉巴佬。當時那些話薰至今依然全部記得。原本以為該製作人是住在一處有如宮殿的地方，不料對方卻是穿著慢跑衫流著汗從一棟普通的公寓現身，還穿著一條設計詭異的短褲。被趕出那棟公寓大樓後，薰沿著多摩川走，心裡一邊想著，那傢伙是個冒牌貨。到頭來那傢伙的層次也不如我，作品是還不壞，可是仔細想想也不是導演，所以並不是創作者，只是負責找錢而已。當天晚上，薰投宿在赤坂一家摩天樓大飯店。在自助餐廳吃著晚餐時，一個身穿深藍色雙排釦西裝的人過來搭訕。你是學生嗎？看似年近半百的那個人這麼問。薰雖然不曾近距離接觸過同志，可是直覺認爲此人並非同志。希望你不要認爲遇到了怪事而感覺不舒服，先這麼打了個招呼，男人便在餐桌對面坐下講了起來。事情是這樣的，我的太太目前正在這家飯店的某個房間裡等候一個像你這樣的年輕人，對方我也算滿熟的，算起來跟我還有點遠房親戚的關係，由於我之前找徵信社在家裡安裝針孔攝影機已經看過很多次我太太和別的男人在做某些事情，什麼事情在這裡不方便說，呃，是不太正常的事情，可是與性無關，所以我想拜託你，如果答應幫忙的話，這麼說或許有些失禮，但是我願意支付五十萬圓喲。聽對方這麼說，薰覺得很不舒服，最後並沒有接受。那個人在咖啡廳裡四處走動物色像薰這樣的年輕人，終於還是放棄，轉往大廳坐在沙發上，望著來來往往的人。第二天，在羽田等飛機的時候看到新聞，一名有夫之婦經人發現肚破腸流陳屍在赤坂那家薰投宿的飯店。雖然想起那個身穿深藍色雙排釦西裝的人，可是當時並無任何異狀。回到九州一陣子之後，薰開始變得食不下嚥，什麼東西都吃不下。明明就感覺飢餓，可是任何食物一通過喉嚨，就會全部又吐出來。由於自己也擔心，去看了醫生，經診斷爲厭食症。薰只對惟光一個人說明此事。基本上來說，男性厭食症患者非常少見，惟光這麼說，並且要求將在東京所發生的事情全都說來聽聽，於是薰說了。跟惟光講話時，製作人以及身穿深藍色雙排釦西裝男人的事情又都甦醒變成鮮明的記憶。一切與他們的互動都記得一清二楚。彷彿記憶擁有生命自己獨立了一般，彷彿化爲一種內臟的分泌物了一般，即使並未特地去回想，也會如同嘔吐物般從腹部或者胸部向上翻騰在腦袋中迸裂。雖然惟光異常博學，也只能表示不明白，並且逐漸開始與薰保持距離。自那之後，薰就無法再吃固體食物。能夠嚥下喉嚨的就只有卡路里代餐的飲料，體重開始急劇下降。雙親非常擔心，可是薰對此，也就是雙親的擔心，實在是無法忍受，於是獨自前往東京而沒告訴包括惟光在內的任何人。到了東京，起初是和在澀谷、新宿等處的現場演奏酒吧結識的朋友混在一起。雖然感覺還不壞，可是沒多久就膩了。認爲大家都是人渣。所以智商的事情沒跟他們任何人說。在澀谷或是新宿的時候就和在九州一樣，還是完全無法吃固體食物。第一次來這家深夜喫茶店的時候，身分是客人。朋友辦完演唱會，拂曉前順道過去喝咖啡。七嘴八舌談論著演唱會的亢奮之際，天亮了。接著，薰看見了那個。當時並不知道，那是哪裡來的光。在白灰牆上，映出一塊Ａ４大小的影像。原來那是晨曦經過外面街上酒館霓虹燈管的反射，透過窗簾與盆栽，從長方形的小窗射了進來。微微晃動的小畫面中，有蕾絲窗簾與重疊的垂榕樹影在動著。薰屏氣凝神直盯著那影像。朋友們的談話聲都進不了耳裡。可是，那影像卻在轉瞬之間消失。彷彿電影播畢後一樣，白灰牆壁上什麼也沒有留下。自那之後，薰雖然多次在同一時間光顧這家店，卻因光線射入角度的微妙差異，再加上天候的影響，一直沒能再見到那影像。經過再三懇求，老闆開始讓他在店裡打工。而後已經過了八個月，還是沒能見到那影像。自從離開澀谷和新宿那些朋友，爲了再睹影像而在這家店打工之後，已經逐漸可以吞嚥諸如麵條或者粥一類的食物了。
又有客人上門。一個穿著普通的中年女性。既非特種營業，也不像剛才那個年輕女子是個邋遢的遊民。婦人點了黑摩卡，從皮包裡掏出文庫本讀了起來。送咖啡過去時，薰心裡想，這個女人的話，或許可以聊一聊白牆影像的事情。
「喜歡看書嗎？」
將咖啡端上桌時薰這麼問。
「嗯？喔，只是打發時間啦。」
女人這麼回答。短髮，頸後髮際也修剪得很美。脫下來的外套掛在旁邊的椅子上。外套的顏色屬於高雅的茶色系，質料看起來像是喀什米爾羊毛，搭配奶油色套頭毛衣、深朱色裙子。那翻動書頁的手指眞美啊，薰心裡想。
「要不要聽一件有些奇妙的事情？」
「奇妙的事情？」
「妳看，那邊的白灰牆上面，在冬天的，所以就快到了，將近冬至的時候，會出現令人難以置信的美麗影像噢。」
「怎麼說？」
「因爲光線低的緣故，冬季的日照角度不是比較低嗎？所以，會透過那邊的窗子，將垂榕葉片的搖動映在牆上，好像皮影戲一樣。」

則子心裡想，這個年輕服務生怎麼瘦成這副德行啊，人類竟然可以瘦到這種程度？雖然不願意回話，可是一種異樣的感覺油然而生，不理不睬似乎不太好。擺出適當的笑臉，適當地點頭回應之後，服務生便回吧台去了。

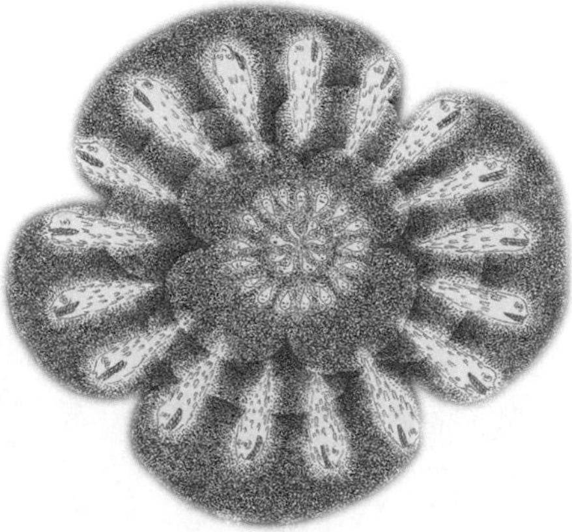

VOL 10

優子

喝了一口咖啡之後，則子看看手錶。凌晨兩點剛過沒多久，錶蓋玻璃上起了霧。因爲外面很冷而店裡溫暖，玻璃上才會起霧吧，她心裡想。從皮包中取出衛生紙，則子開始擦拭錶蓋玻璃上的水氣。原以爲是玻璃的外側起霧，可是用乾的衛生紙擦了好幾次，都沒辦法除去那白霧。用衛生紙蘸了少許隨咖啡一同送來的開水，試著再擦一次。不行，則子心裡想。要是繼續這麼做，搞不好又要開始那樣了。這種細微的作業對自己很不好。即使到了現在，我都還會因爲盯著手錶細緻的錶盤這種事情而陷入迷惘。手錶的品牌是歐米茄。十多年前，和那個男人一同去關島的時候，在免稅商店買的。還是塞班？正確地點已經想不起來了。那個男人的事情，自己好像並不願意去想，可是又好像並不是這麼回事。

「小姐，怎麼了？」

聞聲抬起頭，站在眼前的是那個瘦得不像話的服務生。

「手錶，是不是故障？」

竟然沒辦法隨即會意服務生開口說了些什麼。不行，我一定得小心，則子心裡想。持續看著手錶，搞不好就會陷進那邊去。沒事，應該並沒有故障，則子這麼對服務生說。

「錶蓋上起霧了，剛剛正在擦。」

「啊，原來如此，因爲我對機械還有些心得，才會過來多管閒事，不好意思。」

語畢，服務生又準備走回吧台。或許說些什麼比較好，則子這麼認爲，於是想找些可以攀談的材料。眼睛看著服務生的背影，心裡想到的卻是同去關島還是塞班的那男人的事情，無法順利找到話題。痛苦來襲。無法克制的痛苦。慘了，則子心裡想。原本就是爲了逃離這種狀況才特地出門來到這家喫茶店的。服務生已經走到了再找他講話會顯得不自然的距離之外。

在家的時候，也是感覺痛苦即將來襲。則子今年三十二歲，在大手町一家銀行上班。短大畢業之後隨即就業。工作已經超過十年，雖然曾數度住院而請過長假，但因英文能力強，負責外匯業務，責任相當重大。職位甚至比四年制大學畢業的同年齡女性行員還要高。然而，這種事情卻漸漸變得怎樣都無所謂了。

待在家裡感覺到痛苦即將來襲的時候是幾點左右呢？記得好像是吃過晚餐之後沒多久。今天晚餐吃了些什麼，則子發覺竟然已經快想不起來了。記得是下班之後好像去哪裡簡單解決了的。去比較休閒式的義大利館子，或者只有吧台、被評爲時髦的和食屋，一個人喝著啤酒，點些高級而可口的食物慢慢品嘗，腦袋裡有這樣的記憶，可是搞不清楚那究竟是什麼時候的事情。有一段時期自己曾經練習過，即使一個人喝著啤酒，配著用小盤子裝的小菜，看在旁人的眼中也不會顯得寂寞。那是什麼時候呢？應該是剛與那男人分手，或者即將分手的時候。那男人的事情，好像就是怎樣都無所謂的事情的典型。想必那樣是正確的。就如同治療師所言，那男人只是我父親的替代品，則子心裡想。替代品這個說法並不正確。治療師用的是一個更爲貼切的字眼來形容，可是自己已經想不起來了。

在哪裡吃的晚餐呢？這個樣子想下去，記憶卻變得越來越模糊不清。有可能是去飯店的酒吧，點了較爲順口的平價紅酒配乳酪解決的。自兩、三年前開始，自己就會一個人上飯店的酒吧。在西新宿、赤坂，還有銀座，各有一家經常光顧的酒吧。總之，在東京找不到那種女人可以獨自一個人去簡單吃個飯，但不會被視爲寂寞女子的場所。鄉下地方就更不用說了。則子放棄繼續想自己是在哪裡吃的晚餐。

由於感覺痛苦即將來襲，則子決定外出，於是開始化妝。也換了衣服。已經想不起來是先化妝還是先更衣的了。不論化妝或者更衣，對則子來說都是非常重要的儀式。兩者都必須安穩妥當地進行。使用可能範圍內最多的時間與勞力，去完成所能考慮到的部分。去年，購置了一部家庭用日光浴機。如果可以在家做日光浴的話，就可以比化妝和更衣更順利而且充實地打發時間了。原本考慮的是三溫暖，可是像樣一點的設備都體積龐大需要非常大的空間，否則就只有外穿式的，似乎並沒有辦法優雅地打發時間。

總之我就是化好了妝換好了衣服，則子心裡想。若非如此，不可能會這樣穿著上班的套裝又化了妝。那時有人打電話來。每次電話鈴聲響起，心裡就會同時出現「我也不是沒有朋友的」，以及「這下子又非得說一些無意義的話了」這兩種念頭。當時出現的是二者中的哪一種已經想不起來了，可是確定是有人打電話來。是高中時代的朋友。名字叫良子還是夏美。

應該是這兩人其中之一。高中時代的朋友，會在夜裡打電話來的就只有這兩個人而已。跟這兩個人並不是眞的有多親。一來根本想不出高中時代與這兩個人談過些什麼，就連長相也不記得了。良子的個子很高，夏美則是性早熟，記得似乎是這樣，可是並不敢肯定。

「最近怎麼樣啊？」

良子還是夏美這樣打開了話匣子。則子的化妝還是更衣工作正進行到一半。

「好極了。」

則子這麼回答。並非有意吹噓，只是當下有這種感覺。可是，「好極了」這種說法似乎不太自然，則子心裡想。事實上明明就是感覺寂寞、痛苦，這樣豈不是逞強佯裝幸福，給良子還是夏美一個錯誤的印象嗎？則子隨即反省。可是，「好極了」這句話，無意識中就冒了出來。眞是奇怪的一句話啊，她心裡想。這麼一句話應該並不存在於自己大腦的硬碟裡才對。爲什麼這麼一句話……一想到這裡就覺得痛苦即將來襲，嚇得她連忙停止繼續思考。

「眞令人羨慕呀，則子。」

良子還是夏美這麼說。似乎是眞的很羨慕。會被這個女人羨慕還眞是無奈，則子心裡想，不過心情多少也因此好轉，於是突然對這個良子還是夏美產生了好感，決定親切相待。

「我糟透啦，之前講過的事，還記得嗎？」

明明什麼也不記得，「那當然囉。」則子還是這麼回應。

「那當然囉，後來怎麼樣了？」

「跟妳說呀，啊，現在，可以嗎？時間，是不是在忙，還是有別人在，方便嗎？」

沒問題，則子說。

「雖然有點事得出門，不過現在還好。」

「等一下要出門？這麼晚啊，工作嗎？應該不是，去約會對吧，眞是不好意思，啊，不過，這樣也不錯，我現在不想說那件事了，覺得自己好像很蠢，則子妳就是讓人佩服，一直都那麼堅強，又聰明，跟妳講過我男朋友去上班了吧？在一家遊戲軟體公司，這樣就可以了，薪水也不錯喲，還有，妳知道我男友年紀比我小對吧？學生時代還曾經寄宿在我這裡呢，那算是同居嗎？不過，自那以後也已經將近三年了，可是我說想要再一起住的時候，他竟然說不要噢，該怎麼講呢，意思就是說他有他自己的生活。」

喝著已經涼了些的咖啡，則子心裡想，通電話對象的名字明明都已經模糊不清，爲什麼電話中的對話卻還記得這麼清楚呢？莫非這一切也都是我那種情況所造成的嗎？那種情況是在讀小學低年級的時候開始的。那種情況，極其自然地在則子身上出現。則子生長在一個美麗的小鎭，鎭上有個湖，湖水到了冬天會結冰。父親在鎭上的電器行工作，母親則是郵局的辦事員。還有個沈默寡言的哥哥。祖父母在高原種植蔬菜，所以在夏天的傍晚坐在簷廊，就會聞到萵苣或是包心菜的味道，則子非常喜歡這種感覺。父親是個老實人，母親則有時會歇斯底里。

「我總覺得，他另外有了女人，有一回，我發現他帶了一個銀座那種，老頭子會去光顧的俱樂部的火柴，隨口問了聲這是什麼，結果他勃然大怒噢，妳不覺得那樣很奇怪嗎？後來聊到酒小姐，我講了幾句，他就說什麼酒小姐是一種高尚的職業又如何如何的，我覺得，那一定有問題。」

那種情況原本並不是什麼大不了的事情。只要在簷廊坐下，就會聽到那聲音。歡迎光臨，聲音這麼說。四下張望，並沒有其他人，則子發覺，對於明明沒有其他人卻能夠這樣聽到聲音一事，與其說害怕，自己好像反而是感到挺開心的。那說「歡迎光臨」的聲音，很像平常與祖母同去購物時商店街的招呼聲。而後，實際去購物的時候，也曾經特地到各家店舖確認比對，可是並沒有找出相同的聲音。

由於喜歡聽到那聲音，後來坐在簷廊時開始會回應，結果被雙親帶去了醫院。一來查不出什麼原因，而且醫生也表示這是小孩子經常會有的現象，長大以後自然就會痊癒，沒什麼好擔心的。所以並沒有治療。準備去讀東京的短大時，曾經去看過幾次心理治療。問了好幾遍小時候的事情。則子第一次跟別人提起，非常小的時候，酒醉的父親曾經撫摸自己私處附近的部位。這並不算是性虐待，治療師這麼說。是不是都無所謂，則子這麼認爲。只不過，與治療師談話時眼淚流個不停，這讓自己的心情變得非常惡劣。

「如果遇到了什麼具體排斥的事情就會躲進那種幻聽之中，一般而言是這個樣子，可是這只是舉例，實際情況並沒有這麼簡單。」

治療師如此表示。

「能不能把具體的症狀詳細說明給我聽？」

於是則子娓娓道來。

小時候非常喜歡聽到那個聲音，從一聲「歡迎光臨」開始，那個世界便出現在我的眼前，比現實更美，還散發出一種強烈的味道，感覺好像漸漸可以看到什麼東西，某種柔軟滑溜的東西，好比動物的內臟，或者貝類的外套膜之類的東西，可是從來都沒見過整體，絕對都只有入口而已，不論走到哪裡都只有入口而已，由於讀小學的時候認識的只有小小的世界，從那種柔軟滑溜的入口看到的東西也有限，到了高中的時候，更，該怎麼說呢，多了性愛的部分，而我在其中，必定扮演類似贈品的角色，雖然不知道那些人是誰，可是有一些過著遠比我，還有我的家人優渥的生活的人存在，而我則是在他們之間轉手的禮物之一，當然，這種事情並不是有誰在那個只有入口的世界，以明確的言語告訴我的，聲音或會話往往會變得含糊不清，聽起來好像是在微微透露些什麼似的，對了，可以說好像是暗示一樣吧，呃，這樣講可以理解嗎？就是這麼一回事噢，類似這樣的感覺，一打開電視，節目中正在說的事情聽起來也都全部像是那種暗示，所以我不看電視，基於同樣的理由也不聽收音機，連有歌詞的音樂也不能聽了，可是，如果要問周遭那些電視和廣播的聲音，是否全部都會化為小時候在簷廊初次體驗的、那個只有入口的世界，卻也並不是，應該說像是搭起了一座通往那只有入口的世界的橋樑，或者說成為入口的入口吧，類似這樣的感覺，至於說那會不會令我感到害怕，其實也不會，小時候我並沒有發覺，自己會毫無原因，沒錯，想不出什麼原因，莫名地感到痛苦，只有入口的世界反而能夠讓我脫離那種痛苦，痛苦就是痛苦，除此之外沒辦法說明，胸部或是腹部一帶會難受到幾乎無法呼吸，我會自慰，為了擺脫痛苦而自慰，甚至多次過度到生殖器出血的地步。

「如果能找到自己喜歡的男人，情況應該會大幅改善才對。」

治療師也曾這麼說過。則子曾去尋找自己喜歡的男人，可是怎麼也找不到。不久之後，入口的世界為她準備了那個男人。那個男人伴隨著清新的古龍水香味出現，邀則子同去旅行。後來好比在抵達飯店登記住房這種時候，那個男人變得好像實際可以用眼睛看到，則子因此而住院了大約三個月。現在，手上拿著的文庫本也是那個男人所推薦。痛苦的本體如今依然不明。住院的時候，同一棟病房大樓有個奇妙的女子。據說她可以聽見、看見在電話或者錄放影機線路中流動的電子訊號。記得她的名字叫做優子。兩人曾經多次在醫院的中庭聊天。那女子似乎可以理解則子的痛苦。痛苦就是痛苦，那女子也曾這麼說。

「大家都認為，我是因為有過悲慘的遭遇，為了擺脫那種思緒，才會編造謊言，說自己可以接收在纜線中流動的電子訊號，可是很無奈，我眞的可以看見，看到的幾乎都是不正經的東西，可是那並不是我的痛苦的來源，我覺得妳所說的痛苦也是那樣的東西，痛苦是獨立的對吧，並不是我的身體或者神經會感覺難受或者疼痛噢，痛苦是獨立於我的身體之外的東西，就這麼直衝而來，不知道是從什麼地方，就這麼直衝而來，妳的情況也是這樣對吧？」

則子很想打電話。凌晨兩點半還可以講電話的對象就只有一個人。

「我是則子。」

在店裡借了電話。對方還沒睡。則子，妳今天怎麼這麼晚還沒睡啊，那女人說。

「噯，妳現在在做什麼？」

則子這麼問。

「做愛。」

優子這麼回答。

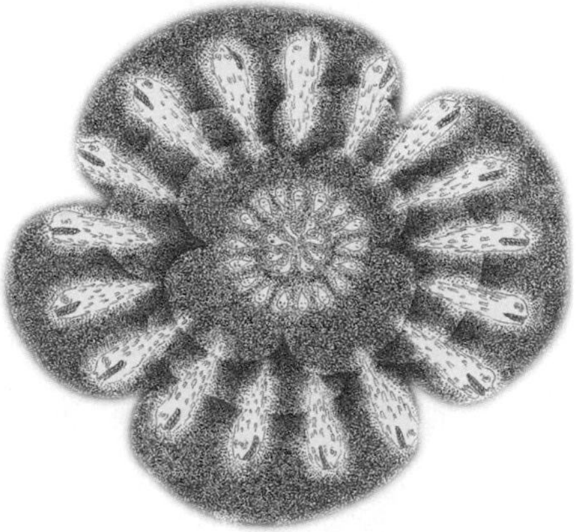

VOL 11

幸司

「我正在做愛，不好意思，要掛電話了。」

語畢，電話掛斷了。什麼人哪？壓在身上運動腰部的男人問優子。我也搞不清楚，優子回答。記得剛才說她叫則子，名字是記得，可是長相什麼的都不記得，也不知道是什麼人。妳還眞奇怪，男人說道，一面繼續做愛。屋子裡黑漆漆的，竟然點蠟燭，眞的很危險噢，很容易發生火災。發生火災也不錯，優子說著笑了。反正我又不會有罪，剛才不是說過，因爲我一直待在精神病院，是個重度的精神障礙者，不論惹出什麼事情都不必負責任。這我知道啦，重要的是別在做愛的時候笑啊，遇到這種情形男人會覺得很掃興的，我請問一下，妳這種人爲什麼還可以上街、去摩斯漢堡買照燒豬肉堡，而沒有待在醫院裡呢？男人說著放開優子翻身下來。

「怎麼了，不做啦？」

雖然對做愛這事並沒什麼特殊的要求，可是優子很討厭陽具突然從身體抽出的感覺。相較之下，快速抽出要比急著插入的感覺還要差。因爲屋子裡沒有暖氣男人才會冷得停止做愛吧，優子心裡想。這個男人，是十個小時前在車站前的摩斯漢堡店認識的。優子點了照燒豬肉堡外帶，男人則坐在店裡吃著薯條喝芭樂汁。等待出餐的時候，兩人曾多次四目相接，一走出店外，對方隨即追了過來。有些話想跟妳聊聊，男人這麼說。頭髮染成了金色，還穿了唇環。這一帶好像隨處可以看到這種類型的男人啊，優子心裡想，但還是帶著對方回家。這種事情與寂寞無關。優子並不明白所謂寂寞這種概念。東拉西扯好一陣子之後，兩人開始做愛。

發現屋裡竟然沒有電，男人起初頗爲意外。因爲我很討厭電暖爐的電線發出的噪音，接吻時優子這麼說。並且主動表明自己可以看見、聽見電線中流動的電子訊號。從電暖爐的電線中可以聽到什麼音樂啊，男人說道。披頭四嗎？說著笑了。可是優子並不認識披頭四。除了華格納以外，優子幾乎不聽其他音樂。

十二年前，七歲的時候，這種症狀變得更爲明顯。優子不明白，這爲什麼會被稱爲「症狀」，可是自醫院的人以降大家都這麼說。如今怎樣都無所謂了。

起初是伯父添購了錄放影機。在橫濱的台地上，伯父在家開設了補習班。並沒有血緣關係的伯父。打從一出世，優子便與雙親分離。雙親的年紀非常輕，母親才十五歲，兩人並沒有結婚，由於沒有養育的能力而將優子送進了收容機構。兩歲的時候被伯父領養。伯父要優子喊他伯父而不是爸爸或者父親。四歲的時候，她明白爲什麼此人是伯父而不是父親。伯父開始會撫摸優子的身體。這意味著什麼，優子並不明白。伯父每晚都會撫摸優子的身體，並且交代絕對不可以跟別人講。撫摸身體的每一個部位。伯父也要求優子撫摸他。優子依照吩咐撫摸伯父的身體各處。伯父從不曾勃起。

如今，優子過著往返醫院與這間屋子的生活。至今仍然偶爾會與伯父見面一起吃飯，要不就是去欣賞繪畫、攝影的展覽會或個展。展覽會或是個展的會場靜謐，是少數優子中意的場所之一。雖然次數實在很少，可是優子也會與生下自己的那兩人見面。後來各自男婚女嫁的兩人，在與優子見面時會一同前來，三個人一起去飯店的餐廳之類的地方吃飯。那種時候都會閒聊，可是優子既不看電視也不聽廣播，由於找不到話題，三個人都默默不語的時間就變得很長。這種時候優子就會想，如果他們兩個也喜歡繪畫就好了。繪畫是安詳的。優美的畫作所發出的訊號非常安詳，可以安定人心。

伯父買來錄放影機當天，那種症狀就變得很明顯。伯父在看電影「聯合縮小軍」，而優子所在的位置看不見電視螢幕。關掉啦，優子說。因爲描寫人體內部的鏡頭讓她覺得很噁心。伯父再三查證，從優子坐著玩積木的位置是否可以透過鏡子還是什麼物體看到電視螢幕。發現絕對看不到螢幕之後，伯父大感意外，於是給優子做了測試。測試有時成功有時失敗，可是造成影響的原因不明。錄影帶開始轉動，在以黃色栓腳接頭連結的影像訊號線中流動的訊號，有時會在優子的腦袋裡結合成清晰的影像，有時影像則會亂掉，其間並沒有什麼規則性或者關連性。比方說播放「龍貓」就看得很清楚，播放「E.T.」時腦袋裡的影像則會變得斷斷續續。伯父隨即發現，優子對於聲音也會表現出相同的症狀。別人通電話的內容，優子可以得知。用卡座播放時關掉喇叭，優子也可以聽到聲音。只不過，聽到的並不是音樂。聲音在腦袋裡並沒有辦法整合成音樂。原本擔任高中數學老師，很早就開始接觸電腦的伯父研判，如果是影像的話，優子的體內存在著可以將電子訊號解碼的軟體，聲音的部分則沒有。優子所能夠接收的，大約是在十公尺範圍之內的纜線中流動的電子訊號。距離十公尺之外的纜線，還有空中的電波，則都無法接收。

「我看妳總有一天會進精神病院那種地方吧。」

伯父愁容滿面看著優子這麼說。可以聽見一般人理應聽不到的聲音，可以看到一般人理應看不到的影像。而且，絕大多數的情況都缺乏整合性，無法形成音樂、會話、電影，或者卡通，只是令人不快的雜音或是如同故障的電視機一般紊亂，這給優子帶來莫名的痛苦，有時會令她尖叫，嚴重的時候甚至會令她昏迷。我看大概沒有人能夠理解妳的情況吧，伯父這麼說。妳大概只會被視爲一個頭腦不太正常的孩子吧，搞不好還會有人認爲這是在說謊，所以，恐怕精神病院將會是妳未來主要的生活處所，我沒有辦法給妳任何建議，可是，我只是舉個例子，也許寫寫詩、畫畫圖會是個不錯的方法，伯父曾這麼說過。

優子的少女時代幾乎都在一家著名的私立精神病院度過。伯父的經濟狀況很好。伯父經常去找醫院的醫生討論，認爲優子去學校可能會受欺負，會被孤立。所以優子是在精神病院接受了基礎教育。伯父還爲了優子而派自己補習班中的王牌老師去醫院教學。

院方針對優子的症狀進行了各種實驗。也有醫生將之稱爲能力而非症狀，但不用說，這對優子而言並沒有差別。後來並且得知，只要有電話線或者錄放影機的音源線，優子甚至還能夠發送訊號，只不過相當原始就是了。這是醫生們經由實驗所發現的。優子可以將腦部所產生的訊號，透過纜線，吐出來。如果將那種訊號化爲語言發送的話，就會變得非常微弱。將嫌惡或者抗拒的情緒，以精神集中在纜線的方式，吐出，便可以實際在纜線中測出微弱的電流。只不過，優子並不喜歡這樣子「吐出」。

長大之後，優子的症狀基本上並沒有改變。有時看得見有時看不見，有的場合可以聽到有的則否，不論在什麼樣的場合，都完全找不出關連性與規則性。醫生們指出了一些例外，就是某種女性的聲音、某種樂器，還有就是與水有關的影像。電話線、喇叭線，或者錄放影機音源線中的，某種女性的聲音以及某種樂器的聲音，優子可以聽得特別清楚。其中包括三、四位高音、中音的古典音樂女性聲樂家，幾位女性主播和女演員，還有就是小提琴以及使用簧片的管樂器。有一段時間，醫生們在音響學專家的協助下研究那些聲音是否有什麼共通之處，可是並未得到結論。至於影像部分，與水有關者形成明確影像的情形相對比較高。好比水的波紋、電影中河邊的鏡頭、被雨水淋溼的城鎮的影像，還有瀑布的錄影等等。

「我說呀，像妳這麼奇怪的人，爲什麼可以住這麼高級的公寓呢？這裡，很貴吧？房租什麼的，光是管理費就很不得了吧？」

男人想要優子幫他吹簫，將陽具靠上她的嘴邊碰觸她的唇，一邊這麼問。因爲醫院非常了解我的情況，而且我家有錢，優子回答。雖然並不喜歡吹簫，優子還是含住了男人的陽具。只要男人開心，做這種事也無妨，優子心裡想。一來伯父也是如此，而且除了性方面以外，優子從未曾有過他人因爲自己而感到開心的經驗。

「我問妳，從電暖爐這類電器的電線中，也可以看到什麼嗎？」

那並不能轉換成聲音或者影像的電子訊號，所以只是類似嗡嗚或是耳鳴那樣無意義的聲響，還有就是像看到強光之後斑駁的殘像，根本算不上影像的東西，只會覺得很不舒服而已，優子的嘴離開男人的陽具，這麼說。

「騙人的吧？妳所說的全部都是騙人的吧？」

男人在優子的口中射精時這麼說。優子將男人的精液吞下，覺得口中黏黏的不好講話，但仍然表示既然你這麼認爲，那就當作是在說謊好了，無所謂。

「等一下我要跟朋友通電話，妳能測知內容嗎？」

優子家裡並沒有有線的電話。至於行動電話的電波也無法聽到。在只點了兩根蠟燭的昏暗屋內，男人急急忙忙穿上了衣服。然後，一下子想要打開衣櫥的抽屜，一下子又要去開牆上的裝飾櫃，開始試圖翻箱倒櫃。這些地方都上了鎖。我勸你還是別這麼做比較好，優子說道。爲了保護我，有一個朋友就住在樓下，這裡有一條纜線連接到他的房間，如果只是簡單的信號，我本身就可以發送，一有什麼事情，我就會發送一個NO的信號過去，只要他看到這間屋子裡點著蠟燭，就會不眠不休保護我，如果你想要搶劫或者企圖傷害我，他就會趕過來，我認爲他很可能會教訓你，優子這麼說明。這是事實。那個人是伯父雇用的。只不過，這個男人並不相信。男人開始在屋裡四下尋找可以用來破壞衣櫥抽屜的鎖的工具，於是優子開始將精神集中在沿牆壁拉到天花板上的一條特別設置的喇叭線，送出不快與恐懼的信號。他應該會隨即現身才對。

優子剛穿上內衣，男人就逼上前要求交出鑰匙。根據過去的經驗，這種時候如果拒絕的話會有危險，於是優子穿過二十八平方米大的起居室，從書架上方放置繪畫用具處取出一串鑰匙，交給男人。這串鑰匙包括各個房間、腳踏車、家具等等，總數超過三十把。男人手持蠟燭，任憑蠟淚滴到手背上，開始尋找抽屜鑰匙，發出了嘩啦嘩啦的聲響。優子一面回想著這種時刻必定會回想的事情，一面等待保鏢到來。在精神病院進行的紙上心理測驗的問題。那些回答過好幾十遍的題目，優子已經幾乎全部背下。問題只能夠用「是」或者「否」來回答。

曾經看到過幽靈。經常出現身體不能隨自主意識活動的情形。爲氣喘次數相當頻繁所苦。有幾個被認爲是不好的習慣。曾經喜歡過短歌或是俳句。不在意自己的外表是否美麗。喜歡讀聖經。覺得自己的個性如果更加積極的話人生就會有所改變。對於穢物有強烈的嫌惡感。想上電視。自己的行爲經常遭人誤解。忍耐力強。曾經出現小便帶血的症狀。覺得不能夠相信不守時的人。如果可以的話想試試當個建築師。喜歡聞花香。非常討厭某種類的動物。想要結交各式各樣的朋友。經常懷疑自己是不是精神不正常。曾經想要開槍射擊停在電線上面的小鳥至少超過三次。

另一個男人出現在屋裡，悄悄接近正在找抽屜鑰匙的男人，然後用小型噴霧朝對方的臉噴去。手持蠟燭企圖打開抽屜的男人倒在地上。帶著噴霧劑出現的男人名叫幸司。這個男人，優子都喊他小幸。幸司先撿起掉在地上的蠟燭，接著朝倒地男子的腹部用力一踢。優子閉上了眼睛。這種時候的幸司非常殘忍。優子不想看這種場面。優子仍然繼續喃喃念著心理測驗的題目。

想要結識經常出現在螢光幕上面的人。經歷過許多非常不可思議的事情。想要比別人加倍健康。會覺得喉嚨不太對勁。喜歡談論性事。酒量很好。喜歡澆花。與活潑開朗的人相處經常會覺得很累。從橋上往下看會感到恐懼。想要脫胎換骨。寫過日記，可是並沒有持續多久。曾經有過好像靈魂出竅的感覺。知道一定會輸的遊戲就不玩。喜歡讓人拍照。有精神的時候才覺得啤酒好喝。遇到佛像一定會拜。在冷漠的家庭中長大。有體臭。討厭寫信。

最後優子一如往常，開始一再重複喃喃念著怎麼也無法回答的題目。母親出身貧寒可是爲人正直。母親出身貧寒可是爲人正直。母親出身貧寒可是爲人正直。母親出身貧寒可是爲人正直。母親出身貧寒可是爲人正直。母親出身貧寒可是爲人正直。母親出身貧寒可是爲人正直。母親出身貧寒可是爲人正直。母親出身貧寒可是爲人正

直。母親出身貧寒可是爲人正直。母親出身貧寒可是爲人正直。母親出身貧寒可是爲人正直。

「喂，優子，妳還好吧？」

幸司喊了一聲問道。嗯，優子回答。

「我先把這傢伙帶出去處理掉，在我回來之前，千萬別讓任何人進來喔。」

我知道，優子回答。幸司把倒在地上的男人輕輕拉起來用肩膀架著。

「還是那句老話，小心火燭啊。」

語畢，幸司離開了優子的房間。

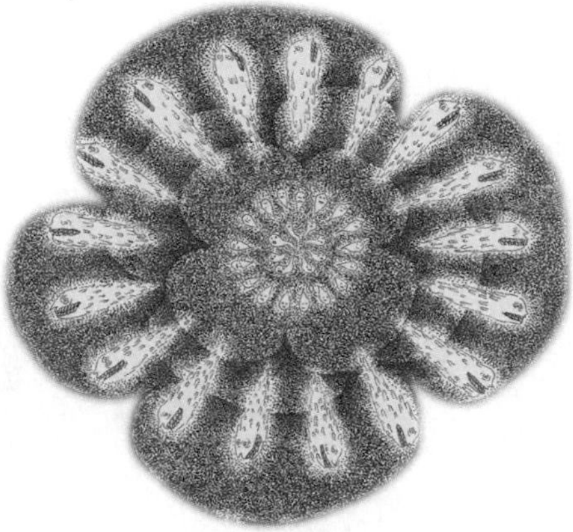

VOL 12

富美

幸司穿過走廊，搭電梯下樓來到外面。眼前是一面「建築用地整理中」的大幅招牌。優子的公寓靠近川崎市與世田谷區的交界，建在一小塊雜木林中開發出來的獨立區塊中。周遭都沒有燈火。架著的男人頭髮散發出酸酸的味道，有點像是鳳梨。過去從未嗅過這種味道，大概是廉價的古龍水。爲什麼那個女人會帶這種男人回家呢，幸司總是不由得這麼想。這種事情幾乎已經成了家常便飯。那個女人會帶各式各樣的人回家。論個頭，幸司要比自己扛著的這個男人大了兩號之多。

或許是黎明將至，不知哪裡的河風吹了過來。可能是從多摩川吹來的風吧，幸司心想。由於扛著個人，並不覺得怎麼冷。但就算不是這樣，幸司也很少有冷、熱，或者疼痛等等感覺。並不是因爲感覺遲鈍，而是經過了訓練。幸司一直認爲，自己的母親是個不檢點的人。幸司不認識父親。打從出生就是和母親兩個人在一起。在京都與兵庫交界的小鎮長大。在那個彷彿整個港口都散發出魚乾味道，臨日本海的小鎮，母親曾經與一個年紀相差許多的中年男人共同生活許多年。那個男人家有個女童，聽說是那個男人與別的女人生下來的小孩。

在幸司眼中，優子的身影經常會與那個女童重疊。女童的名字叫做富美，比幸司小四歲。幸司的母親經常會趁男人和幸司不在場的時候虐待富美。男人當時已經年近六十，曾在漁會服務，當過市議員，還擁有一片盛產香菇的山林。男人的右眼旁邊有個鵪鶉蛋大小的瘤。瘤呈現與周遭皮膚不同的淺黃色，可是男人一喝酒又會變成紅黑色。男人起初相當慈祥，可是有一天晚上喝了酒，卻將幸司痛毆至必須直接送到醫院的地步。因爲幸司說，那個瘤看起來好像蝴蝶的蛹。幸司當時九歲。自那之後，母親就會趁沒人注意的時候用熱水燙富美的背，而男人只要一喝醉必定會揍幸司，這種情形一再上演。只不過，幸司在很久之後才知道，母親曾經對富美做過這種事情。

後來母親終於帶著幸司離開男人，兩人搬到大阪定居。母親在天王寺車站附近的酒店上班。幸司原本會被同學欺侮，可是上了國中之後個子拔高，將一個糾纏不休的同學從二樓的教室推下樓去，此後就不再受欺侮了。那個同學因爲脊椎的碎片傷到了脊髓而半身癱瘓。幸司被逮捕，送少年法庭審判而獲得保護管束處分。回到學校後，幸司身邊的狀況爲之一變。不再受到欺侮，而是令大家感覺懼怕。前往醫院探視半身癱瘓同學時的情形，幸司依然記得很清楚。幸司向躺在病床上的同學致歉，可是卻品嘗到勝利的滋味。幸司學到一件事，就是這個世界上有些事情就只能夠像這樣以暴力來解決。在那瀰漫著魚乾味道的小鎮，那個男人所嘗到的大概也是跟這個一樣的勝利的滋味吧，幸司心裡想。

升上高中之後沒多久，母親因爲吸食興奮劑而被捕。數度被捕之後，母親終於遭判刑而入獄。幸司接受生活安置，搬往一間有三坪大的木造公寓並繼續高中學業。那是一間二十四小時都會聽到緊鄰的汽車烤漆廠噪音的房子。母親入獄服刑只剩自己一個人之後，幸司有了改變。不像以前那麼暴力，開始產生類似自信的感覺。市政府社會福利單位的職員認爲，母親不在一事令幸司產生危機意識而改變了人生態度，但事實並非如此。幸司只不過是因爲脫離了母親而獲得自由而已。直到此時，幸司才擺脫過去某些重要事物一直爲母親所剝奪的情況。

高二那年夏天，由於進口螃蟹帶入寄生蟲造成民眾感染，大阪、尼崎以及西宮等地幾乎全部淪陷。當幸司由電視得知那是一種頜口蟲時，自己也莫名其妙跟著惴惴不安。新聞主播接著說明這種寄生蟲的相關資料。這種頜口蟲是一種新種的寄生蟲，由於人類並非合適的宿主，無法在人體內繁衍下一代。所以，這種寄生蟲是以幼蟲的形態在人體中移動。一旦入侵腦部或者神經系統就可能造成各種病變，入侵內臟會造成嚴重下痢及嘔吐，入侵肺部的話則可能出現呼吸困難的情形。如果潛入皮膚下方，幼蟲移動的路徑會形成蚯蚓狀腫塊。電視上還介紹了這種寄生蟲的顯微攝影照片。

這種小蟲的外形以及生存方式令幸司深深著迷。蟲體的外形有如超級迷你的市街電車。僅會以幼蟲的形態在人體內四處游移而不會長爲成蟲，這種生活方式讓幸司聯想到自己的母親與那個瀰漫魚乾味道的小鎮的男人，並且認爲繁衍下一代這種事情本身就代表墮落。以幼蟲形態在人體內移行的寄生蟲，可以視爲一種極小的英雄。幸司開始閱讀有關寄生蟲的書籍。

海獸胃線蟲、梨形鞭毛蟲、馬達加斯加條蟲、曼氏血吸蟲、十二指腸鉤蟲。知識日益增加後的某個夏日，富美突然來訪。由於幸司母親被捕，富美得知幸司住在大阪，於是以親戚的名義去市政府社會福利單位打聽到了住址。我是逃家過來的，十二歲的富美這麼說。我早就決定長大以後要逃家來找你，可是如果那個媽媽在的話我一定又會被虐待，而且先前也不知道你們住在哪裡。直到此時幸司才知道母親過去對富美做了些什麼。那一夜，富美褪去衣裳露出背部、屁股還有脖子後面的燙傷疤痕給幸司看。這是你母親用水管或電線將我綁起來，拿茶壺澆熱水燙傷的疤痕。幸司毫不懷疑富美所說的事情。回想起當時，母親確實顯得不太對勁。好比看富美的眼神，諸如此類。幸司莫名其妙就流下眼淚，並向富美道歉。在堆放著寄生蟲顯微攝影照片、模型，以及標本的三坪大房間裡，聽著壓縮機有如陣風的呼嘯，富美說道：「只要你舔我的燙傷疤痕，我就原諒你還有媽媽。」幸司並不知道這就是性的行爲。與這個幼時同住的少女初嘗禁果時，幸司有種預感，覺得這樣又將有什麼重要的東西會被這個女孩給奪走。到那男人找上門來爲止，富美在幸司的公寓住了三個禮拜才被帶回去。這段時間，幸司對寄生蟲失去了興趣。母親即將出獄時，幸司立刻逃往橫濱，在中華街當廚師助手，隨後爲優子的監護人相中。

雖然幸司必須一直待在優子樓下的房裡，卻絲毫不以爲苦。幸司在屋裡都靠漫畫和電視來打發時間。優子偶爾會來邀一同用餐或者看畫冊。有時還會讀繪本給他聽。每次遇到這種機會，優子隨後都會褪去衣物勾引幸司。幸司每每拒絕，優子都會問是不是討厭她。並不是討厭，只是不喜歡以任何形式與他人交合，幸司這麼回答。優子怎麼也無法理解，可是也並沒有採取強迫的手段。既然如此，那你就在旁邊看我自慰，優子說。幸司總是在一旁吃著杯麵、外送披薩，或是摩斯漢堡，看優子自慰直到高潮來臨。

嗅過阿摩尼亞，昏迷的男人醒了過來。人若是被防身噴霧攻擊，恢復意識之後仍然會有一段時間無法講話也無法站立。男子的年紀與幸司差不多。由於不知對方是個什麼樣的人，幸司先觀察了好一會兒。優子會帶各式各樣的男人回家，對象從補習班下課的國中生到流氓都有。如果是染了頭髮、耳朵或鼻子穿環的年輕人，一般來說麻煩比較少。只要稍加恐嚇就會嚇得拚了命道歉，保證絕對不會再接近這個女人，然後連滾帶爬逃之夭夭。比較棘手的是精神狀況不穩的傢伙。

不知是否四下觀察明白了自己的處境，男子試圖喊叫。從臉頰和下巴的肌肉抽動嘴巴張開的模樣就可以看出來。幸司揮拳擊中男子的鼻子。男子的鼻樑被打斷，嘴唇也破裂流出血來。人類的鼻樑很容易就可以打斷，而且往往就會因此喪失鬥志。把你的駕照或是身分證拿出來，幸司說道。男子搖頭並表示沒帶在身上，幸司一聽立刻朝那已經被打斷的鼻子補上一拳。一直以來，幸司都在相同地點收拾優子帶回家的男人。此處位於一塊整理中的建築用地後方，沒有建築物也罕有人跡，土堆造成的死角也使得周遭望不到這一帶，大約要走一百公尺才能夠抵達攔得到計程車的大馬路，很適合在這裡放人。幸司並不清楚自己是否喜歡暴力。像這樣毆打男子的臉，有時會令幸司感覺不舒服，有時又很興奮。毆打哪一種人會覺得不舒服，哪一種情況下又會覺得興奮，並沒有一定的規則可循。

幸司認為優子是個喜歡暴力的女人。優子有時會打電話找一個應召女。一個三十出頭的女人，記得名叫香奈。香奈專門從事這一行，會自行攜帶鞭子等等道具。幸司也曾依照優子的要求，用鞭子抽打香奈的臀部、背部，或者胸部，這種時候會感到興奮。看著香奈慘叫流淚，優子總是會放聲大笑。香奈的臀部和背部傷痕累累，皮膚非常鬆弛，甚至連胸部都如同老人般下垂。如果不是這種女人，幸司不止一次這麼想。如果不是這種女人，而是用鞭子將更年輕、肌膚緊繃有彈性的女人抽打到流血的話，不知道會是什麼樣的感覺。在大阪的公寓與富美一同度過的那三個禮拜，如今回想起來非常特別。雖然才十二歲，富美的性知識卻非常豐富，從避孕到體位都一清二楚。三餐草草了事，被褥一直鋪著沒收，鎮日赤身裸體與富美相擁互相舔遍全身。強烈的日光射入，屋裡燠熱而且亮得刺眼，容受幸司勃起硬挺的陽具的十二歲女孩，赤裸的身體因為各種體液而閃閃發亮，彷彿本身會發光一樣。背上無數的小疤痕，在幸司眼中顯得相當美麗。隔壁烤漆工廠的壓縮機振動聲聽起來就如同音樂一般。富美已於一年前來到東京。

由於搞不清楚自己是興奮還是覺得不舒服，幸司再次握拳揮向男子的眼睛。男子放聲大哭，開始哼哼唧唧不知說些什麼。接著，渾身發抖的男子掏了掏胸前的口袋，拿出證件給幸司看。是夜間保全公司的證件。把駕照也拿過來，幸司說道。沒有帶啦，男子噴著血大喊，並且將長褲、襯衫，還有外套的口袋全都翻過來給幸司看。

「你覺得自己會不會死在我手上？」幸司將男子的腦袋拉起來，靠近他的耳邊問道。你覺得我會不會殺了你？你覺得自己會死在這裡嗎？現在是不是覺得這就是你的命呢？如此這般在男子耳邊反覆說了好幾遍之後，不知是否認爲自己眞的會死，男子陷入恐慌試圖掙扎。幸司從旁邊的土堆抓了一把塞進男子口中。邊提防手不要被咬邊將土塞進男子口中，幸司試著回想會躲藏在土壤中的是哪種寄生蟲。腦海中隨即浮現一個令人懷念的名字：鉤蟲。鉤蟲過去稱爲十二指腸蟲。一八三八年，日本發生大鹽平八郎之亂的後一年，在米蘭這個都市，有一位安奇洛・度比尼（Angelo Dubini）在解剖屍體的時候於十二指腸發現了這種寄生蟲。所以在日本稱爲度比尼鉤蟲。蟲卵隨糞便排出之後會孵化成約零點三公釐大小的幼蟲。繼續成長之後，如果在夏季大概四、五天之後會成爲具有感染力的絲狀幼蟲，可以鑽過皮膚或隨著蔬菜由口侵入人體，約兩個月之後變成成蟲。鉤蟲的成蟲長約一公分，吸血爲食。一條度比尼鉤蟲每天吸血零點二CC。若是有一百條寄生在體內，每天就會失血二十CC。如果服用驅蟲藥排出鉤蟲抓來用手指擠壓，就會噴出血來。在顯微攝影照片上，鉤蟲口部可以看到有如牙齒的構造。

放你走之後絕對不准報警，幸司這麼說。男子邊吐著嘴裡的泥土邊猛點頭。幸司發還證件，將男子放走。直走就可以到車站，路上絕對不可以回頭看啊。男子邁開了步子。到了距離幸司二、三十公尺處，開始喃喃不知說些什麼。幸司豎起耳朵，可是聽不清楚。幸司想到了富美。富美目前在新宿歌舞伎町的內衣酒吧上班。剛滿十七歲。因為知道那個瀰漫魚乾味道的小鎮的男人家的電話號碼，才與富美取得連絡。幸司看了看手錶。清晨就快要四點，富美或許已經回家了。富美的公寓在大久保，可是幸司還不曾去過。富美去找過幸司一次，可是優子非常生氣，所以立刻就回去了。基本上，優子並沒有什麼人際關係。所以不知道應該如何與他人相處。幸司只是與別的女人講話或者看了別的女人，就會令她生氣。由於優子的伯父支付了相當大的一筆錢，幸司也沒有反抗的餘地。

男子繼續走在通往車站的道路上。身影越來越小，可是一次也沒回頭望向幸司。可以看得出他仍在將口中的泥土吐出來。要是再揍狠一點就好了，幸司心裡想。每次都這樣。放人之後都會覺得，要是再揍狠一點或是乾脆下手殺人就好了。會覺得很可惜。望著男子的背影抵達大馬路，幸司走進一旁的電話亭。

「喂。」

富美的聲音總是沙啞的。

「是我。」

幸司心想，要是富美的房間裡沒有男人就好了。

「哪位？」

可是富美若是身邊沒有人就睡不著。

「幸司啦。」

今晚八成又有個男人在那裡吧，幸司於是決定放棄。雖然與富美曾有美好的回憶，可是對於人，不論對方是個什麼樣的人，都不能夠有所期待。

「啊，哥哥。」

富美說道，心想，八成又揍了什麼人吧。這個男人揍過人之後一定會打電話來。

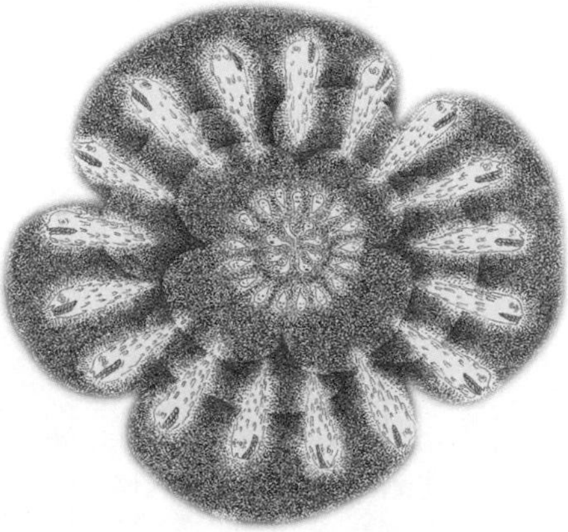

VOL 13

俊彦

富美稱對方為哥哥，是因為這樣能讓他高興。清晨四點，富美邊吃著在附近便利商店買回來的飯糰和貝殼麵沙拉邊看電視長片。並沒有從頭開始看，所以只知道是美國的警匪片，故事內容完全搞不清楚，便利商店的飯糰也一如往常即使細嚼慢嚥也嘗不出什麼味道。昨天夜裡非常寒冷，歌舞伎町幾乎可說是行人絕跡，於是酒吧在三點鐘打烊。平日即使一個客人都沒有也會營業到五點，可是皮條客冷得直發抖回店裡報告路上連個鬼影子都沒有，店長於是決定打烊。現在那個皮條客就在富美屋裡。身穿黑色高領毛衣外面是廉價西裝的這個男人年近三十，以前是個上班族，連個住的地方都沒有，總是在店裡睡沙發。年紀搞不好已經三十好幾，可是眞正的年齡和姓名在歌舞伎町沒有人會當作問題。負責拉客的這個男人曾經多次來富美的住處過夜，可是從來沒有一起上床或者發生任何關係。

那個女人又帶了奇怪的傢伙回家噢，富美口稱哥哥的男人在電話那頭這麼說。那個男人的話題就只有這個而已。以前經常談論有關寄生蟲的事情，可是好像已經膩了。男人所說的話，富美是左耳進右耳出。並不是不聽。會進入耳朵裡，可是完全不加以留意。這個男人平日擔任一個腦筋不太正常的女人的保鏢，以前來電的次數更加頻繁。尤其是富美造訪男人住處之後，幾乎是天天都會打電話來。而後逐漸減少，最近好像頂多一個月才會有一次吧。直到男人掛斷電話為止，富美一直用舌頭攪動口中的飯糰，其間不時敷衍兩聲。持續講到發覺富美完全沒有談話的興致之後，男人說了聲「再連絡囉」並掛斷電話。

富美喜歡這一瞬間。對方明白人家根本不感興趣的這一瞬間。對方並不會眞的非常沮喪失望。只不過，這樣會造成一種彷彿從對方的面前消失的感覺，可以明顯察覺對方的疑惑。富美以前一直嚮往當個透明人，可是後來明白，即使並沒有眞的變成透明也無妨。只要先親切相待，然後在不至於激怒對方的範圍內，以有意無意的態度表達「本人不感興趣」即可。哥，有空再打電話來噢，富美這麼說，一邊確認口中的飯糰已經化爲濃稠的液體。富美的住處是新宿副都心常見的1LDK公寓。由於是緊鄰馬路的二樓，白天車水馬龍不得安寧，儘管有這個缺點，富美還是相當喜歡這間房子。連雜費算進去每個月將近二十萬，可是只要每個月在內衣酒吧還有電話交友俱樂部開發幾個恩客，這也不是付不起的金額。拉客男子在平面式電暖器前脫掉外套，縮著身子喝啤酒。「這裡沒有煤油暖爐嗎？」他問道。聽富美回答沒有，他嘟囔了一聲「是喔」就又默默小口啜著啤酒。

煤油暖爐一詞，令富美憶起了往事。在富美出生成長的日本海港口旁的家裡自然少不了煤油暖爐。每到海上颳來冷風的季節，除了其他家家戶戶之外，好比漁夫或漁家女眷聚會喝茶聊天或者舉辦活動的漁會集會場所這些個地方，也必定備有煤油暖爐。從幼稚園或學校放學回家的路上，爲了躲避從海上吹來的風雪而進入這類聚會場所時，首先就是撲鼻而來燃燒煤油的味道，還有就是室內瀰漫著大男人帶著酒臭的吐息以及二手菸。由於門窗一直緊閉，空氣循環極差。雖然覺得呼吸困難，可是也不能這樣就在外面逗留。會覺得自己只能夠待在這裡。透過因爲煤煙與霧氣而變得朦朧的窗玻璃，可以看到呈暗灰色的大海以及如同剪影形狀平凡的群山。雪花一落在玻璃上，轉瞬間便化爲水滴。在富美眼中，那污濁的玻璃窗就是一道分界。內側雖然溫暖卻也空氣沈滯令人不快，外側則是潮溼而且下著大雪。如果有個介於這兩者之間的地方該有多好，孩提時她經常這麼想。是否能夠變得有如同那玻璃窗一般成爲內側世界與外側世界的分界呢，可是這種事情不論怎麼想都不可能。與陌生男人在床上肌膚相親互舔私處相互磨蹭之後看到男性就要射精的表情，富美有時就會覺得自己好像變成了寒冷與溫暖的交界。身體和心的一部分彷彿在雪中漫步一般寒冷，另外的某一部分又熱得好像依偎在暖爐旁邊似的。可是這種感覺都會隨即消失，並不會持續多久。

這種事情並不是以記憶的模式浮現在富美的腦海之中。是一直以物質的形態存在於內臟的某處，遇到某種突發狀況的時候，好比聽到某個字眼的時候、聞到某種味道的時候或者肌膚有某種觸感的時候，就會忽然隨著血液湧升至皮膚表面奪走氣力。會覺得好像只有那臨海城鎮的記憶是明確的現實，而這擺設平面式電暖器的清潔房間卻毫無質感。就如同不論吃什麼東西都只有相同的味道一樣。

不知道從什麼時候開始，富美就變得像這樣幾乎無法嘗到任何味道。幼兒時期喝過調味乳的事情原本還隱約有些印象，可是如今也不復記憶。小時候認爲那是很正常的事情。認爲所有的食物本來就是同一個味道。所謂味道，純粹只是刺激。就如同疼痛、寒冷等等感覺一樣，都只是刺激。這件事情，富美跟來到東京第一個認識的男人講過。一個從事重物運輸的男人，可是對方的長相和名字都已經不記得了。駕駛卡車運送大石頭或者金屬塊。剛抵達東京，在車站前的自動販賣機買了烏龍茶正在喝的時候，對方過來搭訕，就這麼跟著他回家，一起住了大約一個月。某次一同吃的盒裝豆皮壽司已經壞掉帶有異常的酸味，富美都沒有發覺。這種事情怎麼都沒有人發現呢，男人覺得很不可思議。我想可能是因爲自己大多一個人吃飯的緣故，富美回答。這個樣子不太正常，還是去醫院檢查一下比較好，男人說道。還說，如果不好好治療的話可能連腐壞的東西都會吃下肚去，太危險了。

起初去的是男人住處附近的醫院，但是醫生認爲還是去大一點的醫院比較好，於是介紹了靠近品川的一所大學的附設醫院。雖然在大學醫院並沒有查出原因，可是去跟醫師聊過幾次之後，關於味覺的知識倒是增加了。醫生表示，關於味覺仍有許多未明之處。味道，是由舌頭上面稱爲味蕾的部位所感測。味蕾位於舌頭上小突起的側面，與外界進入口中的食物接觸，再經由神經連結傳遞至大腦。會嘗出味道的當然不限於人類，有些動物甚至可以靠舌頭以外的部位來嘗味道。某些魚類的顏面或者胸鰭等處具有感測味道的器官，某些昆蟲甚至是在足節的部位生有敏銳的味覺器。根據目前已知的資料，能夠分辨酸、甜、苦、鹹四種味道的動物，就只有人類、蜜蜂，以及某種淡水魚而已，出生後味覺隨即能夠識別的是甜味，之後才陸續能夠分辨其他三種味道。目前還不曾發現完全無法嘗出味道的人，但是由於化學物質的影響，可能會出現味覺暫時麻痹的情況，另外就是雖然目前已經發現極其少數所謂味盲的病人，可是味盲的人並不是像妳這樣所有的味道嘗起來都一樣，醫生這麼說。

「去撿個煤油暖爐回來如何？」

喝著啤酒的拉客男子這麼說。「前面不遠那個轉角不是有個大型垃圾的棄置場，我剛才在那裡看到有煤油暖爐，沒仔細檢查還不知道狀況，不過八成還可以使用，要不要現在去撿回來？」覺得冷嗎？富美問。男人搖搖頭，說道：

「我想舉行儀式。」

雖然天將破曉，可是屋外並不是很冷。潮溼的空氣如煙霧般朦朧，看不見西新宿摩天大樓群的頂部。拉客男子快步往大型垃圾棄置場走去。這一帶的公寓和住宅大樓相當密集，有許多屋子亮著燈。還有人家傳出音樂或是談話聲。一棟低矮灰泥公寓的某一戶傳出外語吵架聲，大老遠都聽得到。並非英語，富美心裡想，但也不知道是哪國的語言。富美一直想要出國去看看，雖然經常翻閱刊載有美麗照片的旅遊雜誌，可是也無法想像這個國家的外側會是什麼模樣。

富美來到東京之後仍然感覺不自在。雖然死也不願意再回那個臨日本海的小鎮，可是寒冷與不快都擁有清楚的輪廓。一切都很明確。外側經常是漫天風雪，內側則是溫暖得令人欲嘔。分隔兩者的是骯髒的玻璃窗，自己則非得待在被此切割的內側或者外側其中之一不可。

無法成爲玻璃窗。購買平面式電暖器時的興奮之情，如今仍記憶猶新。而且還想要擁有其他自己出生成長的小鎮所沒有的東西。床也是其中之一，格子圖案的桌巾、兔子造型的拖鞋、花朵圖案的浴室地墊等等也都是。將這些東西擺設在身邊就覺得很快樂。還想要擁有更多，想要在這些令人不由得想要微笑的可愛物品圍繞下過日子。只不過，這類小用品或家具改變心情的力量不夠強。原本沉睡在內臟某處的記憶襲來的時候並沒有辦法發揮什麼功效。通風扇經常都開著，可是也無法消除偶爾忽然瀰漫在屋裡的，那個小鎮的魚味。拉客男子來到大型垃圾棄置場搜尋。小路上每隔一定的間隔立著路燈。這條小路還微微有些暖意，站在蒼白的日光燈光束下面的富美心裡這麼想。屋裡有適度的溫暖，外面則是微暖。內側與外側的分界並不清楚。這種舒適，並沒有辦法阻止那個臨海小鎮的寒冷在身體內部甦醒。拉客男子提著煤油暖爐走了過來。

「裡面還有煤油就這樣扔出來，太危險了。」

眞是危險啊，男人說道。

徵得富美同意之後，拉客男子點燃了煤油暖爐。據他檢查，這個煤油暖爐是瑞典製品，沒有任何損壞。一個圓柱形的暖爐。一股熟悉的味道在富美房裡瀰漫開來。記得方才男人說是要舉行儀式。問是怎麼回事，男人便從那部電影開始講起。不知是哪一國的電影，故事發生在歐洲的鄉間，有一對姊弟，某天弟弟外出幫母親辦事就這麼行蹤不明，原本溺愛弟弟的母親對姊姊說，如果不見的是妳就好了，受傷的姊姊於是開始了以菸頭的火燙自己胸部的儀式，或許是想藉此處罰自己吧，後來弟弟被認爲已經死亡，雙親離異，姊姊則與母親同住，過了六年之後，終於在另外一個城鎮發現一名可能是弟弟的少年男妓，母親非常高興，姊姊卻認爲那並不是眞正的弟弟，有一天那個弟弟企圖攻擊姊姊，發現姊姊竟然有超能力，意念傳輸（teleportation），將物體傳送至遠方的能力，那天夜裡弟弟鑽到姊姊床上，因爲以前睡不著的夜裡經常這樣要姊姊陪著睡，「白天那一招是什麼？那是超能力吧？要怎麼樣做才能夠那樣呢？」弟弟問，「如果你教我同性戀做愛的方法，我就表演給你看。」姊姊回答，接著露了一手將燈泡的燈絲切斷，暗下來之後，自稱弟弟的少年便開始與姊姊做愛，雖然姊姊並沒有說是因爲用香菸頭燙胸部才獲得了超能力，可是那非常明顯，我看了十幾遍那部電影，說到這裡，拉客男子將毛衣和襯衫拉到胸口給富美看。那裡有好幾個圓形的燙傷小疤。富美看了隨即想到自己背上的燙傷疤痕。過去曾經多次一起睡，卻從未注意到那些燙傷的傷疤。雖然有正面與背面的差別，可是身體上有相似的燙傷疤痕的人像這樣同處在一個房間裡，不禁就會開始懷疑是否所有的人都有相同的燙傷疤痕，想到這裡，富美覺得有些好笑。「有什麼好笑的嗎？」見富美的表情放鬆，男人問道。「沒，沒什麼。」富美這麼回答之後便默默不語。因爲不願講出自己背上有燙傷疤痕的事情。即使如今已經變得相當小而不起眼，提起往事也不會有什麼好事。一來可能會被認爲是個陰鬱的女人，也曾經有人誤以爲她喜歡受虐而企圖加以捆綁，即使招致同情也有危險。也搞不清楚是什麼理由，如果有個男人同情自己，反而會想要殺了對方。雖然討厭暴力，可是讀國中的時候卻經常惹事生非。

拉客男子將自己的手指壓在煤油暖爐的上蓋。壓著大約十秒之後放開手指。傳來燃燒頭髮或指甲時的焦味，男人眼中流下了淚水。「想擁有超能力嗎？」富美問道，「我也搞不清楚。」男人回答。並非冀求什麼，也不是喜歡疼痛，而是高中時在一個外國小說家所寫的文章中讀到過類似剛才所說那部電影中的情節，作者曾經吸毒，只是迷幻藥之類的而已，可是就因此而被妄想所糾纏，認爲自己在神所界定的人類等級之中接近最下等，這種妄想強烈到不論看書、聽音樂，或是散步都無法擺脫，他認爲外界的信號全部都是暗示，一打開電視就覺得演員們談論的都是自己的事情，而ＤＪ在廣播節目中講的全都是自己的八卦，文中表示解決這種暗示的方法就只有兩種，一是殺死別人，一是懲罰自己，因爲不願殺害別人，他就只能夠選擇懲罰自己，於是就用煤油暖爐燙自己的手指，那種疼痛解救了他，所以怎麼說呢，這麼一來也免於演變成心理疾病，剛才我突然想到這些，所以才想自己也來試一試煤油暖爐。

靠上前去一看，男子右手的指尖被燙得焦黑。也不知道爲什麼會產生這種念頭，富美覺得這個人今晚或許會跟自己做愛。還是治療一下比較好，富美說，但男子搖搖頭，熄掉了煤油暖爐。暖爐的油芯冒出的煙散發出味道，富美覺得很不舒服，走到牆邊打開窗子。窗子下方站著一名陌生男子，一見富美便出聲喊道：

「喂，你們剛才是不是從垃圾場拿了東西？」

男子身穿白色運動裝，手持金屬球棒。撿了一個煤油暖爐啊，富美說道。「我們認爲那是垃圾才撿回來的。」拉客男子來到一旁，以沉穩的聲音這麼說。

「其他還撿了什麼嗎？」

運動裝男子問道，手中的球棒輕輕敲著地面。富美搖搖頭。就只有煤油暖爐而已啊，要不然你可以自己上來檢查嘛。

「那倒不必，我相信你們。」

看起來不像是說謊，俊彥說著打算回房去。

「不好意思，因爲我把一個滿重要的東西扔到了那個垃圾場。」

房間的窗戶關了起來。把重要的東西扔掉了這種說法還眞是矛盾啊，俊彥想想自己不禁笑了出來。好像是個相當美麗的年輕女子，可惜因爲背光看不太清楚。男方看起來是個軟弱的傢伙，就找個機會來下手吧，俊彥心裡這麼想，並且決定打道回府。

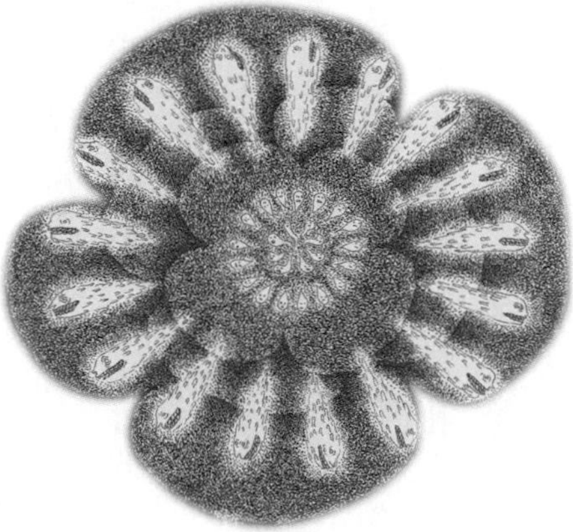

VOL 14

良喜

俊彥途中繞到大型垃圾棄置場，將幾個小時前扔掉的高爾夫球桿撿回來。PING的二號鐵桿，桿頭還沾有良喜的血。良喜是不是已經回去了呢，俊彥心裡想著又抬頭望向剛才那個美女的公寓。雖然因爲背光看不太清楚，可是比良喜苗條，而且確實相當美麗。今晚跟良喜做愛的時候就想著那個女人吧，俊彥這麼打算。

俊彥認爲做愛的時候想著別的女人最棒了，而這是他以前在千葉一家貨運行工作時結識的有夫之婦所傳授。跟那個女人來往的時期，俊彥都是一面駕駛卡車一面猛灌提神飲料。女人是興奮劑毒品的慣犯，手腳的血管都已經產生硬化現象，甚至必須注射在牙齦或者舌頭上。俊彥在女人的慫恿下也曾打過幾次，可是因爲體質不適合而放棄。俊彥並不喜歡體內興奮劑的成分耗盡時那種彷彿有生鮮垃圾逐漸淤積在五臟六腑，身體也一同隨之腐爛的感覺。那有夫之婦每次在賓館幽會時都會立刻就想要。而後在一起的時間會一直情慾高漲。不論是還上著髮捲或者用吹風機吹乾頭髮的時候都要吸吮俊彥的陰莖。是個異常喜歡吹簫的女人。

由於跟這麼一個女人來往，俊彥漸漸覺得所有的女人都像她一樣喜歡吹簫。可是數度遭遇失敗。在良喜之前交往的那個叫做美代子的女人，是個高中時在夏威夷留學的富家千金，只因不喜歡口含沒戴保險套的陰莖，眼睛就遭俊彥重毆而一眼失明。握拳時中指的骨節稍微突出對準眼睛揮去，可以清楚感受到眼球這柔軟的器官被擊傷的觸感，感覺相當好。自那之後，俊彥只要揮拳毆打別人的眼睛就會感到興奮，跟路上認識的女人去公園等地親熱之後會藉故找碴攻擊對方的眼睛，已經有多人受害。俊彥小時候經常殺蟲爲樂，可是不論捏爛哪種蟲都沒有人類眼睛的那種觸感。以前也曾有一次攻擊良喜的眼睛，但是她察覺不對勁而用雙手緊緊護住自己。至於那個有夫之婦，一來她的先生原本就有些可怕，又因爲吸毒而不太正經，即使在喫茶店碰面都會去那裡的廁所幫俊彥吹簫，所以找不到對她下手的機會。如果對我的小穴膩了的話，不妨想想別的女人，那有夫之婦經常這麼說，而且走在街上的時候，還眞的會大聲說著諸如：快點看，那個女人很美吧，今天上賓館的時候就想想那個女人吧，怎麼樣？長相記清楚了嗎？

PING的二號鐵桿上面的良喜的血已乾，俊彥心裡想，我還沒用這根桿子實際打過高爾夫球呢。大約三個月之前一個人在池袋的喫茶店喝了幾瓶啤酒之後心情相當愉快，在路上隨意走進了一家高爾夫用品店。因爲想要見識一下高爾夫用品店這種地方究竟是個什麼模樣。左邊眉毛部位打孔穿環繫了紫色領帶的店員現身，問俊彥想找什麼。只是看看而已，俊彥回答。接著又表示，雖然對高爾夫並沒有興趣，可是我想來看看高爾夫用品店是個什麼樣的地方。於是店員領著客人參觀。邊陪著逛，店員邊向俊彥表示打算辭掉這家店的工作。說這家店是叔叔所經營，可是如果不在這裡工作，觀護人會很囉唆，不過還是想盡早離開。在店內逛過一圈之後，店員對俊彥耳語，如果有冰糖的話賣我一點。所謂冰糖，是那色情狂有夫之婦經常拿來加熱吸食煙霧的結晶狀毒品。我沒有那種東西，俊彥回答，可是在一股衝動之下買了陳列在櫥窗裡那支PING的二號鐵桿。泛著金光，桿身修長，俊彥覺得非常帥氣。

俊彥想起香菸沒了。可是穿著土氣的白色運動裝出門，不願就這麼去便利商店。拜託良喜好了，他心裡想。年長三歲的良喜今年二十六，很聽俊彥的話。一定要提醒她買到正常濃度的短支HOPE。最近淡菸比較暢銷，販售正常濃度的自動販賣機和店家也因此減少。短支HOPE非得正常濃度才行，眞搞不懂爲什麼有人喜歡抽短支HOPE的淡菸，就用PING的二號鐵桿讓那種傢伙的腦袋開花好了，俊彥心裡想，一面用金屬球棒鏘鏘鏘輕輕敲擊一度扔掉的高爾夫球桿。

下班回家的良喜站在廚房，仍然穿著外出時的深藍色洋裝，屋裡瀰漫著砂糖和醬油混合在一起的味道。與良喜是兩個月之前在附近的小酒館認識的。良喜是都內某醫院的護士。額頭上貼著絆創膏。昨天晚上，俊彥用二號鐵桿打傷的。在良喜這間四坪的小房間裡，俊彥向良喜道歉，儘管嗅著瀰漫的砂糖和醬油混合在一起的味道有些反胃。貼著絆創膏站在牆壁掛著花飾的簡陋廚房的良喜，看起來著實令人心疼。其實很想跪下來道歉。傷口很痛吧，我整天都在擔心妳的傷勢，覺得自己實在太過分了，就連這支高爾夫球桿都打算拿去扔掉不想再看到而且事實上也眞的拿去扔了，可是又想藉此讓自己反省所以又去撿回來，我不打高爾夫球所以不太清楚，聽說這是非常有名又昂貴的球桿，而且上面還沾有良喜的血，我可不願就這麼被別人撿走，我眞的覺得很抱歉，雖然認爲這不是光說對不起就可以了事，但是我還是衷心想要道歉，因爲如果沒有良喜的話，我眞的會不知該如何是好，妳一定不知道今天看到妳回來我有多安心吧，以前就跟妳講過，我好像經常會感到不安，好比說我母親，對我來說非常重要的人，有時候我會懷疑這樣的人是不是將不再回到自己身邊而突然感到不安，而且到目前爲止這種預感必定都會成眞，所以我認爲這次一定也會這樣，如果不能夠待在良喜身邊，我一定會手足無措不知該如何是好，俊彥說著說著滿腦子想的都是自己已經犯下無可挽回的錯誤，如果一直做這種事情的話就跟媽媽一樣了，現在我對別人做的事情就跟媽媽過去的所作所爲一樣，想到這裡俊彥不禁流下眼淚。覺得自己對這個女人眞的太過分了。別再自責了，並不是多嚴重的傷所以別再自責了，良喜撫著俊彥的臉頰這麼說。

俊彥是個私生子。母親謊報年齡在栃木的酒店陪酒結果生下俊彥，當年才十六歲。母親如今也還不到四十歲。說是父親的男人在俊彥讀小學低年級的時候還偶爾會來訪，可是有一回與母親的雙親發生激烈口角之後就再也不見蹤影。俊彥是在位於宇都宮的外婆家長大，可是母親每隔幾個月就會失蹤一段時間。外婆家生產製作炸天婦羅時防止油星飛濺的鋁製隔板。母親平日非常和藹溫順，白天是化妝品的直銷人員晚上則在俱樂部工作，認爲俊彥會想要的東西不論玩具或衣服等等全都會買給他。只是母親偶爾會鬧失蹤。失蹤的時候沒有任何前兆，而且之後好一陣子連封信或者一通電話都沒有。母親有時會突然離家，連奶油焗飯或是咖哩都還裝在盤子裡就這麼冷掉。母親回來的時候會爲雙親和俊彥買來多到幾乎抱不住的禮物，並且爲突然不告而別之事哭著向雙親和俊彥賠不是。母親突然離家之後看著奶油焗飯的熱氣逐漸消失所產生的恐怖失落感，以及回來後所產生的憤怒與放心混雜在心中翻攪的情緒，俊彥如今依然記得非常清楚。在這兩者不斷反覆發生的情況下，外面的世界在自己無法參與之處已然有人做出重要決定，因此才會覺得極度的失落與放心不斷交互來襲，這種念頭最後終於化爲確信。在俊彥心中，世界是已然成形而且固定不變的。軋製天婦羅隔板的聲音在住家四周迴盪，雖然母親消失而後又出現，可是自己身邊並沒有任何改變。俊彥並不知道自己的言行具有改變事物的力量。極度改變狀況的總是母親。製造天婦羅隔板的雙親聘請了東京的專門業者跟蹤過母親好幾天，可是俊彥還只是個小學生，並不知道結果如何。

快要升上國中的時候曾經與母親當時交往的對象見過面。母親當時的年紀大約三十左右卻與高中剛畢業的年輕賽艇選手交往，令俊彥大感錯愕。那個男子看起來好像跟自己的年齡差不了多少。雖然那個賽艇選手不久之後便與母親分手，可是卻多次與俊彥連絡並且帶他去看電影。男子喜歡看戰爭片。看完電影去Denny's吃漢堡的時候男子經常談到母親，並且對俊彥表示，從來沒有遇見過如此美麗又溫柔的女人。來到東京之後俊彥也曾與那個男子見過一次面。是你媽媽告訴我這個電話號碼的，男子說，並且一同去看電影「巔峰戰士」。男子已不再賽艇而是在川崎經營一家中古車行，還給了俊彥一張名片，表示如果是豐田的車，尤其是二手的四輪傳動車，價格非常便宜，想要的話隨時可以打電話找他。

俊彥爲了上補習班而來到東京，可是沒多久就不再去上課。即便得知此事，母親每個月仍然會寄來大筆生活費。俊彥認爲，人類心底的暴力會因爲一些雞毛蒜皮的小事而覺醒。由於得到母親的遺傳長得帥氣個子又高，讀高中的時候雖然都在打混也都有異性主動示好。在補習班認識的女孩是靜岡一家木材廠的千金，嫉妒心異常強烈又歇斯底里。而且實際吃醋時並不會當場發作，都是事後兩人獨處時才嘮叨個不停。交往大約兩個月之後有一天，俊彥只不過回頭看了別的女人一眼，上賓館一進房間女孩就開始抱怨不斷罵髒話並且企圖掐住俊彥的脖子。俊彥還是第一次遇到這種情況，起初只是喊著住手、別太過分了，可是後來因爲呼吸困難嚇得亂揮拳，不巧擊中女孩的鼻子。在倉皇失措的情況下原本還不知自己打到人，可是看到女孩摀著鼻子倒在賓館的橢圓形床上，帶有光澤的床單逐漸染上了泛黑的顏色。女孩停止哭泣一臉驚恐看著俊彥，並且因爲這突發狀況而渾身發抖。俊彥嚇得來到女孩身旁坐下撫著她的肩拚命道歉。因爲不知道這種時候該說些什麼才好，只是不斷重複說著對不起、對不起、對不起而已。對不起、對不起、對不起，說著說著流下了眼淚。女孩身體的抖動逐漸加強，俊彥才發覺手撫著的肩膀變得僵硬，女孩便突然以非常大的聲音開始叫嚷。如此淒厲的大叫搞不好會讓賓館的人起疑，這令俊彥的腦袋無法思考。反正世界是在與自己無關之處被決定被營運著，所以不論發生什麼事情自己都無計可施一點辦法也沒有。終於電話響起但兩人都不予理會，接著賓館的房門傳來激烈的敲門聲，拖了好一會兒之後兩個男人開門進來，女孩見狀停止叫嚷摀著鼻子表示沒什麼事，只是吵架而已。或許在賓館這種地方這是司空見慣的事情，兩名男子拋下一句「下次就叫警察來了」便逕自離去。女孩的鼻子不斷流血。俊彥邊哭邊看著沒有滲入如絲綢般帶有光澤的床單而是順著表面流動的暗紅色血液。這是他有生以來第一次看到自己的動作令世界有所改變。

良喜將飯菜一一送上桌。由於俊彥住進來，良喜添購了一張附兩把椅子的餐桌、桌巾，還有兩套銀製餐具。由於還買了一張小型的雙人床，房間顯得益發擁擠。俊彥雖然自己在代田橋也有住處但難得回去一趟，而且母親會自動將房租匯過去，沒有任何問題。桌上擺著通心麵沙拉、乾燒喜知次（大翅鮶鮋，一種高級魚）、湯豆腐，以及海瓜子味噌湯。我想吃白桃，俊彥說。什麼？良喜問道。罐裝的白桃啊，俊彥重複了一遍。不是有那種用糖漿醃漬甜甜的白桃罐頭嘛，我想吃那個，可是全家便利商店是不是沒開啊，我自己去買也可以啦，可是又不想穿著運動服去便利商店，不過味噌湯會冷掉喔，俊彥邊說邊撫著良喜的頭髮。

「我想應該沒問題，全家便利商店是二十四小時營業的不必擔心，對了，甜點也沒了，味噌湯只要再加熱就好啦。」

等待良喜外出購物回來這段時間，由於注意到海瓜子味噌湯的熱氣逐漸消失，昔日的恐懼再次甦醒，或許這是任性地向良喜撒嬌吵著要吃白桃的懲罰吧，種種事情越想越落寞差點哭出來的時候，良喜終於歸來，怎麼也找不到白桃耶，說著從全家便利商店的購物袋中掏出西洋梨罐頭。望著西洋梨罐頭，俊彥發現自己的鼻腔深處發生奇怪的狀況神經似乎快要起火。「混蛋！我不是強調過要白桃的嗎？」俊彥嘴裡罵著，一回神，高爾夫球桿已經朝良喜的耳部揮去。由於過度激動，高爾夫球桿從當場嚇呆站著不動的良喜耳邊掠過之後由俊彥的手中鬆脫，在地毯上彈了一下朝廚房飛去。俊彥胡亂大聲嚷嚷伸出左手用力抓住倒臥在地躲避攻擊的良喜的右肩並穩住身體，右手以中指骨節突出的方式握拳朝眼睛落下。良喜想起以前眼睛差一點被打的經驗，扭頭背向俊彥並用雙手緊緊護住臉。俊彥的拳頭落在良喜護著臉的指間縫隙將手指撐了開來擊中眼皮，劃破了那裡薄嫩的皮膚。良喜慘叫一聲企圖逃跑，但頭髮被俊彥揪住。俊彥扯住頭髮拉著良喜團團轉。良喜失去平衡踉踉蹌蹌，可是頭髮被扯住也並沒有倒地。被俊彥扯住頭髮拉著走的良喜痛得手腳亂舞意外踢翻了桌子，盛通心麵沙拉的大玻璃碗滑落地面發出清脆的破裂聲。其他乾燒魚、味噌湯、湯豆腐也都掉在地上，桌椅翻倒，地毯散發出可怕的味道。俊彥踩到了乾燒魚，細刺戳進腳趾的疼痛終於令他略微恢復神志，這才放開良喜的頭髮哭著摟住她的身體，開始道歉懇求原諒。我怎麼會變成這樣啊，俊彥說著在良喜面前跪下。不要走，如果沒有妳如果妳離開的話我眞的不知該如何是好，可能只能去死吧，這種狀況之後俊彥一如往常開始講起母親的事情。一旦母親離家我所能做的就只有等待而已就只能望著飯菜逐漸冷卻，熱騰騰飯菜的熱氣消失的速度起初很慢後來卻會變得非常快速，看著看著身體就會逐漸變得僵硬無法動彈就連尋死這些念頭也都會消失無蹤，只有好比時鐘這樣的聲音會聽起來變得越來越大聲。

望著纏在俊彥雙手上自己的髮絲，良喜不禁懷疑自己是不是已經無法繼續忍耐下去。一個身體顫抖的美男子跪在眼前哭泣。這個男人眞的長得很帥，她心裡想。或許以後再也無法找到如此英俊的男人了。良喜認識俊彥之後才知道，一張帥氣的臉龐，光是看在眼裡就能夠讓人忘卻當天所有的不如意。再說這個男人大概也不會自己離開，而我除了這個家之外也無處可去，這些事情在腦袋裡轉著轉著，一回神才發現自己已經原諒了俊彥。我再出門一趟去找找白桃好了，良喜對俊彥這麼說，我會去車站那一頭的便利商店看看。俊彥聞言哭著猛親吻良喜的腿、手臂，還有臉龐。良喜輕撫俊彥的頭良久良久，心裡產生一種自己好像就是這孩子的娘的想法。母親這種想法令她的心情好轉。整理頭髮補過妝擦去眼角的血跡貼上絆創膏之後良喜正要出門時，「可不可以順便幫我買一般濃度的短支 HOPE？」髒鼻子的俊彥說道。

「拜託，不是淡菸而是要一般濃度的噢，我恨死淡菸了。」

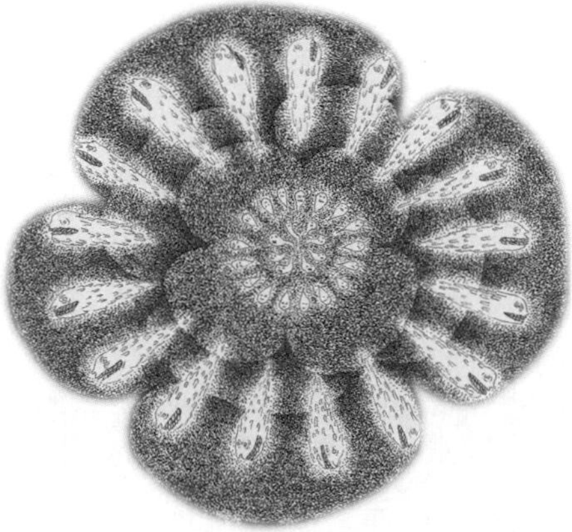

VOL 15

園田

來到距離住處大約一百公尺處，良喜發現自己忘記是要買短支 HOPE 的淡菸還是一般濃度的了。

良喜不抽菸，所以不明白那個男人爲什麼會拘泥於什麼一般濃度還是什麼淡菸。良喜並沒有這一類的執著。對於食物沒有什麼特別的好惡，對於衣服、首飾、化妝品等等也都不在意。良喜認爲，看時尚雜誌穿流行服飾的女人都很傻，而護士同仁之中也不乏這種人。記得某個著名年老學者曾在電視上說過，衣服的功用只在禦寒保暖而已，這個論點良喜完全贊同。也許回家再跟那個男人確認一下香菸的種類比較好。可是那個男人一定會認爲良喜已經買到了香菸，知道其實沒有的話搞不好又會動粗。

黎明前的街道非常寒冷。寒氣從腳下的水泥地直往上竄。昨天有一位同事突然出國旅遊，結果自己值了十四個小時的班，飯都沒好好吃。仔細想想只在中午吃了一個中華風味的飯盒而已。只因爲同事正巧弄到了便宜的機票，突然申請年休獲准。只要請倉澤代班就好，放心去玩吧，聽到護理長這麼跟那個同事說。倉澤是良喜的姓氏。良喜這個名字是善良喜樂的意思，這是在廣島縣福山地方的郵局擔任副局長的父親所取的。父親喜歡劍道和歷史小說，酗酒。良喜小時候經常被嘲笑說名字像是個男生。聽說那是父親鍾愛的歷史小說中一位鎌倉時代公主的名字。良喜還有一個姊姊，名叫直喜。良喜與直喜在那部歷史小說裡好像也是姊妹。姊姊直喜從小活潑開朗令良喜既羨慕又嫉妒，可是姊姊卻在讀大學的時候自殺身亡。自殺時好像已經懷有身孕。所以良喜才會認爲昨天與高采烈帶著行囊來到醫院打招呼表示要跟男友去夏威夷的那個同事並非單純活潑開朗，而且與自己相比也不見得比較幸福。那個女孩在醫院裡表現得開朗積極而且頗受異性好評。良喜認爲，這種表面的評價越高，與實際的落差就越大。姊姊是以一種不曾見過的可怕方式自殺。就連下葬的時候屍體都還覆著塑膠布。不論看起來多麼幸福，都沒有人能夠知悉當事人的內心世界，所以由外表來判斷一個人是錯誤的，所以我絕對不要費心修飾外表，良喜心裡這麼想。

挨揍的驚嚇與之後那個男人的道歉和親吻所帶來的奇妙感動，令良喜忘了穿上唯一擁有的那件外套，再加上飢餓與睡意的催化，寒意增加爲好幾倍。良喜正要從二十分鐘前來詢問是否有白桃罐頭的全家便利商店前面通過。一條繫在全家便利商店外面行道樹下的灰色長毛狗朝良喜吠了幾聲。剛才隨口答應那個男人說要去車站那一頭的便利商店看看，可是仔細想想，那距離是到全家便利商店的好幾倍。

搞不好後來補貨車已經送來了白桃罐頭也不一定，良喜心裡這麼想，再加上手指腳趾都因爲寒冷而逐漸失去感覺，於是走進了全家便利商店。兩名男店員並沒有說歡迎光臨。也許是自己的模樣很奇怪吧，良喜心裡想。來到陳列奶油和乳酪的貨架前對著裝設在那裡的鏡子看看自己的臉。眼角搽了藥的傷口還在出血，頭髮上也還沾有血跡，上唇則腫得好像快要碰到了鼻子。這副德行難怪大家會嚇得不敢說歡迎光臨啊，良喜喃喃自語後自己笑了出來。一笑牽動上唇，疼痛讓她憶起小時候被父親修理的往事。當時一家人住在郵局的宿舍。隔壁是局長家，局長家裡有個同年級的小孩跟良喜相當要好。父親每次喝得大醉就會以此爲由修理良喜。良喜的母親只不過僅是與局長夫人親切談話，也經常挨揍被踹。爲什麼會動粗的男人必定會拽女人的頭髮呢？父親也經常拽著自己或母親的頭髮打臉踹肚子。

請問有沒有白桃罐頭，良喜來到櫃台詢問，兩名店員的視線從客人的臉上轉開，「什麼ㄅㄞˊㄊㄠˊ？」其中一人反問。「就是白色的桃子。」良喜說道，「如果罐頭架子那邊沒有就沒有了。」店員回答，可是仍然沒有正視客人的眼睛。良喜再次來到罐頭貨架從上層開始逐一檢查。反覆找了三遍都沒有白桃罐頭，一想到又要出去面對外頭的寒冷就覺得很痛苦，「跟人打架喔？」一個左邊腋下抱著包心菜的年輕男子過來搭訕。男子身穿一件讓良喜不禁想伸手撫摸，看起來質感非常好的黑色毛海套頭毛衣，外面則是一件良喜從未見過的鮮豔綠色羽毛夾克。嗯，是啊，良喜說道，並且歪著疼痛的嘴唇讚美那件夾克的顏色。好美的綠色哪。這種顏色叫做鱷梨綠，男子笑著說。那個男人就不會露出這種笑容，良喜心裡想。眞是柔和的笑容，良喜心裡想。會打女人的傢伙最差勁了，身穿綠色羽毛夾克的男子說道，左手像玩棒球般拍著包心菜，接著問良喜現在是不是心情很不好。男子看起來很年輕，搞不好還不到二十歲，一臉清爽，不知怎地讓人想到大病初癒的病患。變成植物人、留下後遺症，或是老人罹患癌症之類只能夠無奈接受的情況自然另當別論，絕大多數的病人都會有這種擺脫疾病的一刻。某種明顯有害的東西由這些人的身體脫出的一刻。傷到的地方有點疼，不過心情還好，良喜對男子說。是喔，男子喃喃低語，接著問良喜：「如果有氣沒地方發的話，我等等要去殺兔子，要不要去看？」這種事情竟然還用櫃台裡的店員都可以聽到的聲音講出來，良喜覺得很不可思議，雖然認爲這個人八成是在說謊，卻也產生了興趣，於是詢問對方要如何殺兔子。

用那傢伙來殺，男子一指繫在外面的狗。先破壞兔籠的鎖用包心菜將兔子引誘到校園裡再把那傢伙放出去，所以我昨天開始就沒餵牠了，我只在遠處看著，那傢伙咬碎兔子骨頭的聲音簡直就跟音樂一樣，如果要舉例來形容的話就像是跑車進檔不順時那種聲音，可以聽得出來有什麼東西正遭到破壞，兔子該殺，那種狗叫做獵狐㹴，原本是獵狐狸用的狗，如果野兔全力奔逃的話其實根本就追不上，但是養在學校的兔子在校園裡連逃也不逃，妳能相信嗎？兔子發覺狗逐漸接近卻只是蹲在原地動也不動，那都是因爲已經接受人類的餵養不再自行覓食，我認爲牠們已經失去了求生的意志，而且這種情形並不限於兔子，最近不是經常發生奇怪的事情嗎？好比小孩子殺害小孩子流浪漢殺害流浪漢孩子殺害父母或者父母殺害子女等等不是？妳知道爲什麼會發生這種事情嗎？男子這麼問良喜。

男子的毛衣散發出一種香味，這個人應該不會對女人動粗吧，可是他說要去殺兔子，搞不好也會打人，想到這裡，良喜回了一句：「那樣不是很可憐嗎？」與男子的提問沒有關連的話。除了兔子之外可憐的還非常多，男子回答。可憐的首推孩童，被這個國家用狗屎規則強壓在頭上，兔子很可愛，我以前也養過兔子，而且覺得很難再找到那麼可愛的動物，可是我認爲現在已經哪裡也找不到會覺得兔子很可愛的小孩子了，我發現大家都沒有那種閒工夫，現在的小孩子都非得照大人所說的去做不可，可是大人們交代要好好照顧小動物卻沒有人放在心上，認爲除了自己的事情之外其他都無所謂，我弟弟罹患慢性白血病必須移植骨髓，可是還在骨髓銀行排隊等待期間就已經去世，告訴妳，骨髓銀行竟然是由民間非營利組織所成立而不是由國家來辦，根本就沒有人看重生命，孩子們都是在謊言教育下成長，必須有人教導他們認識眞實情況才行，曾經由飼養兔子而明白生命寶貴的孩子只有極少部分而已，其他人全都想要嘗試殺兔子的滋味，我覺得兔子非殺不可，這麼一來所有的孩子們應該都會察覺發生了大事，殺兔子很有意思，妳也一起去看吧？在黎明前昏暗的校園裡看著獵犬飛奔而去追逐兔子眞是一大樂事啊，我曾經在國立競技場見過卡爾．劉易士跑步，可是我認爲那根本就無法相提並論，讓人眞的打從心底雀躍期待的事情如今已經難得一見了不是？對吧，已經難得一見了喔，白色還有灰色的兔子在校園裡愣愣地啃著包心菜，那副遲鈍的模樣看了實在令人光火，想必任誰都會不由得認爲非殺兔子不可，只要把鏈子放開那傢伙就會如同飛箭一般直奔像屎蛋一樣四散在校園裡的兔子，我要去車站後面的區立小學放狗，說眞的，要不要一起去？

男子說得興高采烈，就好像一個住院十個月之後終於得以出院的病患似的。講話的方式就如同自己今後的人生將會幸福無比似的。哦不，我還有事，良喜回絕了同行之邀。好吧，那我也不勉強，男子說著要求握手。良喜伸手一握。手中沾上了黏糊糊的白色物，好一會兒之後才發現那是精液。男子已經在櫃台付清包心菜錢正要走出便利商店，良喜原本打算追過去可是覺得太累人於是又作罷。一掏洋裝口袋，發現沒帶面紙。雖然有手帕，但那是母親從香港買回來的禮物，不願用來擦拭陌生人的精液。透過便利商店的大玻璃窗看到綠色羽毛衣男子牽著狗跑開。莫非眞要去殺兔子啊，良喜心裡想。

良喜來到全家便利商店外將糊在右手的精液抹在之前繫著狗的樹幹上。看看手錶，凌晨四點十分，還是回去好了，即使會挨那男人揍也罷，正這麼考慮時，一名櫃台裡的店員出來叫住良喜。「這個，」店員說著遞給良喜一個從沒見過的小瓶子，「這是馬的油脂，妳拿去搽，治療外傷很有效。因爲我在練拳擊，眼角還是哪裡受傷的時候搽這個很有效，傷口很快就會癒合。」語畢店員便回去店內，小瓶子則留給了良喜。轉向店內打算詢問是否眞的可以留下，只見剛才那店員在玻璃窗內打了個手勢，表示可以帶走沒關係。向那店員欠身致意之後良喜邁步離開。邊走邊打開瓶蓋聞聞看裡面乳瑪琳色藥膏的味道。只有油脂的味道而已，不過良喜仍然邊走邊用手指蘸了一些塗抹眼角的傷。

雖然一路上再三考慮是否回去比較好，但是又擔心沒買到白桃就回去可能會惹得那男人光火，一時也無法就寢。那個男人一定很擔心吧，良喜心裡想。或許偶爾應該讓他更擔心一些才對，搞不好是認爲我一定會回去才敢如此放肆，記得曾在雜誌上見人談過，暴力就是撒賴的證明，良喜非常贊同。父親也有這種傾向。面對郵局的局長，父親比任何人都要盡心盡力。對局長夫人及其子女也一樣。而且並非像電影或者電視中經常出現的那樣僅僅必恭必敬點頭哈腰幫忙點菸亦步亦趨幫忙拿公事包等等做得非常露骨，大概只有親近的人才會知道吧。父親在局長面前依然極有威嚴，由於兩人年紀相當，有時對話方式簡直就像是穿同一條開襠褲長大的好友。然而家人卻都看得很清楚，某些事情父親相當用心。良喜與局長家那個同年齡的女兒一起玩的時候，父親必定會稱讚人家「好可愛」、「聽說妳這回的讀書心得得獎了喔」，或者「老師一定都經常誇獎妳聰明伶俐吧」等等。雖然當場會說「要是我家這個的腦袋也那麼聰明就好了」之類的話，可是回到家裡猛灌酒之後就會怒罵「幹嘛整天跟那丫頭鬼混」並且動手修理良喜。局長太太是個隨和而毫無架子的人，與良喜的母親感情非常好。良喜的母親是個如同孩子般單純的女人，甚至曾遭人抱怨若是一時不察找她商量重要的事情反而會平添困擾。有一回在北海道的外婆家送來剛上市的蘆筍，母親便送過去請人家分享。或許是在郵局聽到局長讚美妻子送的蘆筍很好吃，父親當天回家一言不發不停喝酒，最後終於破口大罵「人家竟然比我還重要！」並拽住妻子的頭髮朝胸口和肚子猛踹，擔心母親會被打死的良喜於是撥一一〇報警。沒想到母親後來卻因報警一事責備良喜，父親則要將她趕出家門。姊姊對此事抱持超然的態度。良喜當時還認為姊姊是個非常堅強的人。

快到車站時，手已經凍得快要沒有感覺了。由於時間的緣故只能夠從車站外繞一大圈無法從建築物內穿過。總之自己無法尊敬父親，而且父親在兩年前過世的時候也不覺得難過，這一點連自己都不敢相信。姊姊去世一段時日之後，良喜覺得幸好自己過去常常挨揍。姊姊似乎從來不曾挨揍。說得更準確一點，其實是通常都盡量與家人保持距離。自己是否經由挨揍才得以將對於父親的愛全部消費掉呢？是否不論揍人或是挨揍都屬於溝通方式之一，而溝通是無論如何都必須消費掉的呢？或許自己值過夜班後走在車站後面也是一種溝通並正在經此消費對於那個長相帥氣男人的愛情，腦袋裡想著這些事情，一回神，良喜發現已經來到可以俯瞰身穿綠色羽毛衣的男子之前所說的小學校園之處。校園中一片黑暗什麼也看不到。無法判斷裡面是否有兔籠。一會兒之後眼睛適應了黑暗，可是仍然看不出有狗或者死兔子在裡面的樣子。寒冷造成的麻痺從四肢蔓延至全身，白桃罐頭什麼的已經無所謂了。不論是那個男人、父親，或者昨天前往夏威夷那個非常討厭的同事，這些事情良喜也都覺得無所謂了。雖然應該存在著自己會在意的事情，可是現在沒有空去尋找即使騰出了時間可能也已經太遲了。而且那個綠色羽毛衣男子或許眞的沒有說錯。非得殺掉不可。雖然不知該殺的是否是兔子，或者說是自己，但確實是覺得若是不奪走什麼東西的生命就不會有任何改變。父親應該去殺了局長才對。父親的敵意一直曖昧不明，以至於犧牲了我、姊姊，還有母親。這種生活方式實在不可原諒，良喜心裡想。過去還勉強可以原諒。可是現在已經無法原諒了。無法原諒的意思就是，要動手殺掉。如果現在可以看著那個綠色羽毛夾克男子將那條灰色長毛狗放開去將兔子咬死的話該有多好，良喜不由自主開始想像那情景。

「喂！」

身後傳來的聲音嚇了良喜一跳。

「總算找到妳了。」

原來是贈送馬油的那個全家便利商店店員。已經換上了便服。莫非已經下班了嗎？剛才眞是太感謝了，良喜說道。

「哦，那沒什麼，可是很不好意思，剛才的馬油能不能還我？那種馬油在長野可是相當有名的，給妳之後有人打手機找我才聽說已經停產，可是以後我還用得著，希望妳能夠還給我，眞是不好意思。」

園田說道，心想幸好找到了這個女人。這個女人離開之後手機正巧響起，練拳的前輩打來問女朋友懷孕該如何處理這種蠢問題，講著講著話題轉換成拳傷，結果才得知馬油已經停產。因爲想起那個經常到店裡來神經神經的愛狗男子曾經跟女人談到什麼兔子的事情，才決定回家時順便來小學旁邊看看。一來找不到比這個更好的止血劑，再說當時是覺得這個女人臉上傷痕累累很可憐才將東西送給她，仔細想想那也是前輩給的。女人說了聲好，立刻將馬油歸還。不好意思，園田說著將東西收下便跑開了。

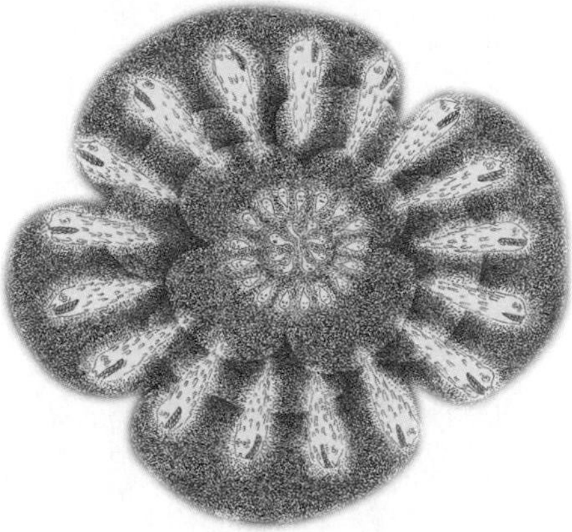

VOL 16

美奈子

園田剛滿二十一歲，開始練拳至今才半年而已。背著裝有便服的襯衫、長褲和毛衣的背包跑電車車站六站的距離回家。一路跑著，園田心裡想著是否別再讓那神經神經帶著狗的男子到店裡來比較好。那傢伙好像一個人住在附近一棟有兩座獅子雕像的公寓大樓，幾乎每天深夜或是將近天亮時就會帶著狗上門隨便買罐狗食啦買個電燈泡啦或是買把西洋芹什麼的，然後在店裡晃蕩兩、三個小時尋找可以搭訕的其他客人。每個禮拜會有一次由數名職員召集園田這樣的計時人員舉行的會議，討論諸如最近加了胚芽的比士吉銷路很好應該多進一些貨之類的事項，該男子每每成爲話題，可是公司方面認爲人家好歹也是客人，最後總是不了了之。

在一個奇妙的機緣下開始練拳擊之後，園田最近終於開始學習出拳技巧，自然很想揍那個噁心的同世代有錢人的臉試試看自己的拳究竟有何威力，可是這麼做八成會被便利商店開除，拳擊館大概也沒辦法再去了。雖然不知未來會如何，可是目前不論打工或者拳擊，都沒有什麼特別難以忍受之處，所以園田並沒有揍那名男子。何況該男子上門的時間都是深夜或者黎明原本客人就稀少的時段，也無法使用會干擾其他客人這種尋常通用的藉口。跟園田一同值班的那名職員身上有過去東家 7-ELEVEN 標誌的刺青卻在全家便利商店工作，爲人親切，由於園田相當喜歡這個職員，即使實在對那狗男感到氣憤而且認爲讓那種傢伙在店裡爲所欲爲有違社會常識，還是暫時忍耐下來。

園田原本並不清楚那個狗男究竟富有到何種程度。身上有7-ELEVEN刺青卻在全家便利商店工作的職員告訴園田，曾經看過狗男和母親搭乘一輛銀色的賓特利。對狗也頗有研究的那位職員還告訴園田，那條灰色的長毛犬是一種只產在英國東北部非常稀有的㹴，在青山的狗店一條最起碼也要六十萬圓。明明只是出門走個二、三十步的距離到便利商店而已，狗男卻經常會特地換上義大利製的西裝、襯衫，噴在身上的大量古龍水也每天不同，一靠近就熏得人想要把他揍一頓。沒有人知道那個狗男究竟爲什麼每晚都要到店裡來，而且不找到可以談話的對象絕不離開。

雖然不喜歡路跑，可是前輩和拳館老闆都要求無論如何都要跑，那就跑吧。怎麼會想到那傢伙呢，園田覺得納悶。昨天跑步的時候腦袋裡想的是這兩個禮拜大概每隔兩天就親熱一次，長得相當美的女人，可是效果並不好。邊跑邊想像女人的大腿、私處、胸脯，以及女人吹簫時的情景，也不知爲什麼，竟然就覺得跑步實在是無意義。搞不好路跑的時候想那個狗男的事情讓自己生氣反而比較適合，園田心裡想。那個狗男不會找一般的成年男女搭訕。狗男所挑選的談話對象都是模樣接近遊民滿口方言離鄉背井出來討生活的歐吉桑、殘障人士、沒人想要搭理的醜女、中南美或者中國來的勞工，或是糊裡糊塗不知從哪裡迷路晃過來的孩子這一類處於弱勢的人。先前談話的女人雖然並非醜得引人注意，可是臉上傷痕累累似乎剛被蠻橫的情人揍過，所以才會被狗男選上吧，園田心裡想。

狗男會挑選這種處於弱勢渴望他人溫暖的人為目標，以在櫃台裡面都可以聽得見的聲音說一些不三不四的事情。好比會說家裡有自殺者和戰爭中死去的人的攝影集，問人要不要去看；或者表示知道如何製造沙林毒氣，要邀人一同製造；有時則宣稱自己是殘障人士的職業摔角經理人；想要綁架某人送往北韓，正在尋找幫手；有人出一百萬尋找願意跟七十歲阿婆上床的對象，正在幫忙物色；家裡養著斬斷四肢的女人當作寵物，如果過去看的話可以跟她做愛，狗男所說的主要就是諸如此類的事情。

聽說有某次狗男跟他媽一同上門時身上有 7-ELEVEN 刺青的職員正好在店裡。狗男手上拿著參考書，喊他的母親「媽媽」，職員這麼告訴園田。狗男如果在公立高中那一類的地方要花半天才能弄清楚的事情，在那間店裡卻只要打混即可不會被當成問題。園田在高二那年暑假開始拒絕上學，認為如果繼續去學校的話一定會死。那是一所位於東京與埼玉交界一帶水準並不是多高的公立升學學校，同時也是規矩、體罰，以及暴力的收容所。園田是一般公司職員家庭的次子，從小就經常跟年紀相差無幾的哥哥打打鬧鬧還挺能忍受體罰，可是卻無法對抗那所高中裡通行的原則。那就是非得不惹任何人討厭的原則。這種原則只要一個月就會滲入體內，每個人都會自然而然覺得若是被嫌惡的話還不如去死。

有個自國中就一直同班的好朋友在高一的時候拒絕去上學之後就進了精神病院，由於那傢伙一直不來上課，老師曾要園田去他家裡看看，當時的恐怖情況令園田永遠無法忘記。園田下午去的時候那傢伙還在睡覺，母親去告知同學來訪才穿著睡衣起床。隔了兩個月才見面，那傢伙竟然消瘦到園田不禁懷疑是不是認錯了人。在房間玩了兩個小時左右電玩「德貝賽馬2」，其間那傢伙說道：「喂園田，我告訴你，裝瘋久了之後竟然眞的會變得精神不太正常哪。」那傢伙笑著這麼對園田說，可是笑的聲音和笑的方式很詭異。三十秒之後兩分鐘之後那好像腳踏車緊急煞車聲的笑聲都沒停下來，令園田脊背發毛。

喂園田我覺得這個世界上的每一個人都戴著面具活著不知道你有什麼看法，那傢伙這麼對園田說，一面讓遊戲中的馬匹繼續跑，即使螢幕上出現馬匹已經快要累死請給予休息的訊息也不罷休。這傢伙原本並不是會說出這種話的人，國中玩「德貝賽馬1」的時候也不會硬是要已經疲憊不堪的馬繼續參賽。

前不久有個名字我忘記了可是非常有名的老演員去世，衛星頻道曾經播過很久很久以前那傢伙主演的片子，我反正沒事就看了，裡面有一幕非常可怕，對了，片名叫做「吹笛童子」，那個主角的哥哥被壞人抓去在臉上裝了一個絕對取不下來的面具，戴上去的時候那傢伙痛苦掙扎可是怎麼也沒有辦法將面具拔除，壞人看了都樂得大笑，我全身起了雞皮疙瘩從此再也無法忘記那一幕，我開始認爲是不是有人，雖然不知道是什麼人，可是有人偷偷在我的臉上裝了絕對無法取下的面具，而且後來就覺得大家都在注意我，老媽帶我去檢查，醫生說是畏懼別人視線的輕微精神疾病，就連去遊藝場都會覺得其他人只是假裝在打電動其實都在偷看我，不論到什麼地方都一樣，會覺得每個人看到我都會笑，之所以會笑的原因就在於我戴了一個面具，接下來我就開始思索究竟這個面具是什麼人給我戴上的，可是再怎麼想也唯獨家人有嫌疑，我的面具和那部電影裡的不一樣喔，電影裡的是古時候的東西，可是現在科技已經大幅進步有非常多新式材料對吧，好比矽膠什麼的，我想應該是那一類與臉部非常吻合戴上了都不會有感覺的透明面具，自從戴上面具之後，其實根本就不好笑的時候我也會笑出來，我一直覺得，不想笑的時候，如果是因爲別人笑就非得跟著笑不可這種行爲未免也太奇怪，於是呢，我就開始思索，不只是笑的時候，我是不是任何事情都是因爲想做才會去做的呢？好比在家裡爸爸有事情喊我的時候，我就會想，自己是不是因爲眞的想要回應才回應的呢？想著這些事情，精神就會越來越耗弱喔，結果在家裡，即使並沒有什麼不滿我也會發飆，可是這並不代表我討厭老爸老媽噢，雖然我想去上學，可是面具的事情也沒辦法跟任何人說，如果表示不想去學校的話，我猜老爸老媽一定會很傷心，所以才決定裝瘋，跟老爸老媽說會聽到奇怪的聲音很害怕沒辦法去上學，他們問我會聽到什麼樣的聲音，我說是很多很多人的笑聲，就好像城市二人組那一類搞笑節目錄影現場的觀眾遇到笑點的時候不是會哄堂大笑嗎？我說就是那種笑聲，去醫院檢查我也依樣畫葫蘆描述笑聲的情況，聽到醫生表示有可能是精神分裂症，老媽無言以對，老爸則很乾脆，說還沒嚴重到必須住院的地步，就暫時別去上學吧，乍看之下我好像得逞了，隨後在家玩了好一陣子「太空戰士V」，可是到了就快完全破關的時候我開始眞的會聽到那種笑聲，我打電話到處找人講，可是因爲害怕不敢打電話找你們這些死黨，剛才不是說就快要完全破關的時候聽到笑聲嘛，我越聽越覺得納悶，遊戲裡應該不會有這麼奇怪的聲音吧？而且笑聲並不是從電視的喇叭傳出來，是從我的背後還有天花板的方向傳來的，這下子慘了，後悔也爲時已晚，裝瘋這種事情可不能做啊，現在我得靠強效的藥物來控制，一旦藥效過去就又會聽到笑聲啊。

升上高二之後園田覺得去上學越來越痛苦，一想起那傢伙的情形，就覺得自己也會變成那樣。實際把身體搞壞請了三天假之後回到學校一看，班上的同學和老師好像全都戴上了透明矽膠面具似的感覺很奇怪，撲通撲通跳的心臟彷彿不斷上升就快要從嘴巴衝出來，當天一直忍耐著這種不舒服的感覺，僅僅一天就好像熬了有三個月之久，園田覺得如果再這樣下去一定會變得跟那個朋友一樣於是辦理了休學。因爲有這個朋友自己才能夠休學，園田心裡想。休學之後去長野的爺爺家幫忙種植高原蔬菜、去參加全是拒絕上學的學生的研討會，還去明尼蘇達州明尼亞波利的舅舅那裡住了半年，後來在電視上看到介紹一家由個人經營非常小的拳擊館的紀錄片，於是園田就去了那裡。

學校把我綁得那麼緊，可是那個狗男爲什麼可以自由自在荒唐放肆呢？園田邊跑邊想著這種事情。吐息化爲白霧往身後飛散。還跑不到五分鐘，腿部的肌肉就開始痠痛了。曾經在運動雜誌上讀到過，疲勞其實是一種物質。像這樣跑步就可以明白那種感覺。有如辣椒粉一般的極微小顆粒不斷在小腿裡堆積，這樣的感覺。黎明前的市街仍然一片黑暗，路上的車輛也很少。雖然討厭跑步，可是園田覺得在這整個城市都還在睡夢中的時段體會身體依照自己的意志應付疲勞物質的感覺還不壞。天就快亮了。自從下班回家開始路跑之後，園田已經知道夜是如何結束而黎明是如何開始的。並不是單純黑夜結束然後有如翻日曆一般清晨降臨，兩者之間還有一個時段，在明尼亞波利的時候曾學過以一種發音優美的英語來形容，可是已經想不起來了。園田前進的方向朝向正東。不久之後遠方西新宿摩天大樓群的輪廓就會越來越清晰。輪廓目前還沒有顏色，看起來只是黑色與灰色組成的長方形而已。將近十棟的摩天大樓後方的層層空氣出現明亮的龜裂，裂縫由暗紫色轉換成粉紅色並且緩緩擴散開來。地平線在漸層中浮現之後，摩天大樓的金屬和玻璃表面逐漸映照出天色。天上最明亮的是雲，好像印相紙浸入顯影液的時候一樣在大樓的側面逐漸有雲出現。望向天空，可以看出夜晚的空氣被逐往西方飄散開來。接著就會進入一段整個風景在剎那間染上了透明深藍的特別時刻。雖然只有幾分鐘而已，可是就連自己吐息的白霧都會染上那美麗的藍。

園田聽說有四個跟自己同年的學生在上補習班的期間加入了奧姆眞理教。那是因爲他們沒有休學的緣故，園田如此認爲。搞不好加入奧姆的那些傢伙還比較好些。那種後來進入大學，然後又踏入社會，即使如此都還不會生病的遲鈍傢伙非常多。不會生病的盡是些鈍感的傢伙。這些人總有一天會暴斃。說會聽到笑聲的那個朋友一面接受心理治療一面準備大學入學考試，目前已經在大學攻讀巴爾幹半島的歷史。最敏銳的就是那傢伙了。

一輛紅色的天際線跑車從旁駛過在三公尺前方停下。

「請問首都高速公路的入口匝道怎麼走？」

女駕駛身子探過副駕駛座打開車窗這麼問園田。天還沒亮，女人卻戴著墨鏡，頭髮不自然地散亂著。園田邊原地跑著邊問女人是去哪裡的入口匝道。

「去哪裡都可以，最近的那個就好，該怎麼走呢？」

講話客氣，可是女人卻顯得焦躁不安。掛的是一般的練馬區車牌號碼。應該不是從鄉下地方來的。

「跟妳說，首都高速公路，如果不知道去處而上錯交流道的話就得繞一大圈，到底要去哪裡呢？」

到底要去哪裡，這個問題美奈子無法回答，因爲根本不知要去何處。仍然處於混亂之中的她，只是覺得不找個人說說話腦袋可能會爆炸才把車停下來。或許別問這個男人比較好，美奈子心裡想。見這人在慢跑，原本還認爲一定有些傻氣，看來並非如此。還是別再跟這個男人扯下去了，搞不好會被發現。雖然出門前再三檢查過，可也不敢保證後面的行李箱已經沒有血跡。

「這個嘛，謝謝提醒，我要去新宿。」

美奈子說著放開了手煞車。

「新宿？這裡就是新宿區啊，是新宿的首都高速公路入口？」

美奈子不再回答，道了聲謝之後發車前進。慢跑的年輕男子一臉錯愕。也許用車來運送屍體是個錯誤的決定，美奈子心裡想。現在趕緊回去或許還來得及趁暗將屍體再搬回屋裡。或許剁碎之後用馬桶沖走比較安全，美奈子如此盤算著。

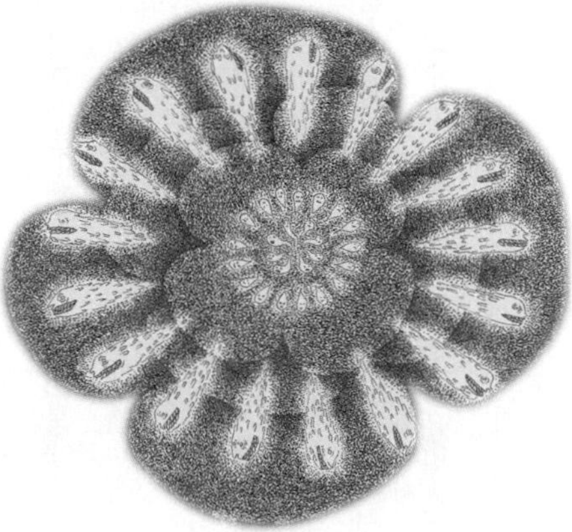

VOL 17

千春

就回自己家好了，美奈子如此盤算之後竟然發現自己忘了家在哪裡，差一點發狂。思索家究竟位於何處之間，就連自己打算做些什麼都逐漸變得糊塗不清。或許與那慢跑男子的短暫對話是個錯誤，美奈子心裡想。殺死那個男人時的細節毫無脈絡地不斷在腦海浮現使得頭疼欲裂，害怕這樣下去可能會出車禍才決定找人說說話，看來似乎是得到了反效果。也不知道這個樣子駕車在自己家附近繞來繞去究竟所為何來。只覺得有許許多多非得處理不可的事情。有某種事物正試圖妨礙意識正常運作。

非得下定決心看是要打道回府還是直接找個地方棄屍才行。出門時所決定的目的地是富士山山麓。那裡有稱為樹海的大片森林，聽說有時候也會在裡面發現遇難或自殺者。由於不經意想到了這一點才會出門準備前往樹海。記得當時只想到要從中央高速公路前往樹海就出門了。但是現在往返富士一趟的話上班就會遲到。美奈子看看時間，四點一刻左右。過去曾經多次前往富士。走中央高速公路經河口湖再由富士昴宿線到五合目至少也需要兩個小時，回程運氣不好的話就會陷入上班尖鋒時段的車陣之中。回到家如果沖澡、化妝、挑選衣服，再吃個早餐的話就會趕不及早上的會議。那個通訊軟體發表說明會的活動企劃報告可是花了三天才完成的。以一個對於高科技一無所知的女作家來擔任提問者，這是個連自己都很滿意的嶄新想法。這個時間前往樹海怎麼看都不可能。為什麼會拖到這麼晚才出發前往樹海呢？殺死那個男人的時間是在晚飯後不久，如果隨後立刻動身的話就不必擔心時間了，為什麼沒那麼做呢？分心想著這些事情的美奈子連忙緊急煞車，差一點闖紅燈。車身劇烈前後晃動，後行李箱傳出物體滾動的聲音。這聲音喚醒了美奈子的記憶，是爲了支解屍體才會太晚出門。並非後行李箱裝不下，而是太重無法獨自搬運。再說還需要切割的工具，又花了點時間尋找鋸子。那男人的皮膚柔軟，所以鋸子靠上去之後也切不動。因爲美奈子的力氣不夠大，鋸刃一下子就錯動滑開了。等到發現必須先以菜刀砍出口子再用鋸子才行，已經浪費了不少時間。

將屍體支解成六塊裝入黑色垃圾袋中。由於擔心骨頭參差的切面戳破垃圾袋所以套了三層。內臟以及其他血淋淋看不出是什麼部分的肉塊都用廚餘鐵胃絞碎，能沖掉的沖掉，不能沖掉的則當作廚餘丟到垃圾場。內臟已經散發出異味，所以與除臭劑一同塞進去，再撒上大量百里香、肉桂、鬱金、豆蔻等味道強烈的香辛料之後再拿去扔。

一定得設法讓腦袋清楚不可。動手殺人以及事後的分屍原本打算像辦公事一樣淡然處之。美奈子發現人類變成肉塊之後，看起來與其他動物沒有什麼兩樣。可是，現在卻陷入一種莫名的倒敘式回憶之中，彷彿正在觀看一部最恐怖的電影似的，使得自己逐漸忘記那些非得思考、決斷，並且付諸行動不可的事情。只要試圖思考，血淋淋的金針菇這一類的畫面就會浮現在腦海並將其他事物阻隔在外。剖開那男人胴體的時候，晚餐尚未消化的金針菇。起初還以爲是一種寄生蟲，隨後才發現那是晚餐時用奶油炒給那男人吃的金針菇，那金針菇突然化為影像浮現在眼前，怎麼也無法消除。金針菇在腦袋裡不斷膨脹，美奈子一邊駕車一邊擔心這樣下去自己會發狂。喉嚨發黏好像塞住一樣呼吸困難不住咳嗽，美奈子這才發現自己非常渴。

口渴的時候該找什麼，就連要思考這一點都有困難。記憶如同果凍般固結無法翻轉。僅有「要找尋的東西應該就在路邊」的模糊記憶甦醒過來，美奈子於是停車從視野的這端望向那端，花了好些時間才發現自動販賣機。投幣時的手在發抖。慢慢喝著爪哇茶，眼睛看到裝在拉下鐵門的酒館外面的電話。明明沒有心情去摁行動電話的小按鍵，可是卻莫名其妙懷念起綠色的公共電話。或許找人講講話可以讓情緒平靜下來，美奈子這麼想。時間這麼早，認識的人裡面已經起床的就只有雙親而已。美奈子的父親自行創業開設了一家相當大的事務機器製造廠，後來藉著絕大部分製品電子化的機會將經營交由一名下屬全權處理，又因為妻子生病於是留下獨生女美奈子在家，離開東京回到奈良的鄉下。如今夫婦倆一同學習有機農業、出版俳句的書，還研究中國的書法。聽說每天清晨四點起床去照顧山間的一小塊田地。

「怎麼這麼早呀？」

接電話的是母親。父親或許是害羞，最近很少與美奈子談話。因為熬夜趕了一個重要的說明發表會企劃書，美奈子說。雖然企劃案並非昨夜寫的，但這也不算是說謊，所以美奈子可以正常地與母親對話。也沒有什麼特別的事啦，只是一直聚精會神寫企劃書睡不著才打電話的，美奈子對母親說明。

「美美還在那家製作電腦的公司是嗎？」

母親問道。現在不在製作電腦的公司而是在代理國外電腦軟體的公司上班，美奈子說。

這些事情我都不懂，可是妳千萬要注意，別太勉強啊，母親說。

「妳的身子比較弱，一定要好好照顧，不可以熬夜喔。」

母親是個精神狀況不太穩定的人。年輕時就被診斷患有憂鬱症，由於不善與他人接觸，除了陪同美奈子去上古典芭蕾課之外幾乎足不出戶。國中的時候，美奈子開始苦惱，覺得自己好像是母親的玩偶，害怕自己有一天也會像母親一樣精神失衡，並且自從去上學就覺得非常痛苦之後開始暴飲暴食。任何能吃的東西都會拿來塞進嘴裡嚼碎吞下肚，唯有這時不會有負面的思緒。如果發胖的話就沒辦法跳芭蕾，所以母親會限制美奈子飲食，這個壓力也造成了反彈。發胖之後，母親曾經說不想再認這個女兒了。美奈子休學後被送進專門收容飲食失調孩童的機構。一來討厭學校再加上得以離開母親，在機構中的生活並不痛苦，但由於害怕會失去幾個好朋友，美奈子幾乎天天寫信寄到學校，可是沒有任何人回信。大約兩個禮拜之後美奈子不再寫信，並且決定永不原諒那些朋友。由於那些朋友都在升學班，美奈子發誓一定要考進一所比她們都好的大學一別苗頭，離開該機構之後便拚了命念書。雖然多次累壞了身體，可是住院吊點滴的時候仍然手不釋卷。進入理想的大學後，美奈子決定日後的工作也不要輸給那些朋友，由於不願被人家說是倚靠父親的人脈，所以進了一家美國通訊軟體開發公司的日本總代理負責營業企劃，並全心全意投入工作。曾經因爲身爲尖端企業具有代表性的職業婦女而登上女性雜誌的彩頁，曾經接受電視節目的採訪，也是對流行敏感的人士聚集的餐廳、俱樂部、咖啡館的常客。

「我看妳還是在上班之前稍微睡一下比較好，不是還有時間嗎？」

母親的聲音很溫柔。就是這女人的這種溫柔聲音將自己化爲玩偶，美奈子心裡想，接著想起那個男人。那男人在一家號稱走在流行尖端的店工作。在店裡的地位很低，只是個小弟。認識至今僅僅八個月。比美奈子年輕四歲，才剛滿二十四歲。有一回在店內化妝室附近翻閱雜誌，那男人過來搭訕，並且向美奈子索取名片說要當作紀念。結果第二天那男人就開始每個小時撥一通電話過去，美奈子雖然表示這樣已經造成困擾請不要再打來，可是對方充耳不聞。幾天以後，美奈子離開公司時發現那男人拿著一束花站在公司前面。美奈子沒有收下那束花，也沒有答理對方的搭訕。美奈子既不缺情人，對於年紀比自己小的長髮男子也絲毫沒有興趣。那男人幾乎每天都會在公司出現，即使男同事上前警告也沒用，美奈子最後忍無可忍找上對方上班的那家店，大罵對方不知羞恥。男人突然哭了出來，聲淚俱下表示以後不會再去公司門前等候、不會再打電話，不會再製造困擾了。美奈子大吃一驚，因爲這還是第一次見到有人在自己面前哭了出來，過去也不曾把別人弄哭過。怎麼這麼沒出息啊，美奈子雖然瞧不起這個男人，卻莫名其妙答應了最後只要一起喝個咖啡就好的要求，店裡打烊後兩人同赴美奈子經常光顧的一家飯店的酒吧。那男人自稱是樂手，玩貝斯兼主唱。可是自己的樂團並不受年輕女孩青睞根本紅不起來，只是唱片公司的奴隸，搞不好再也沒有機會發片了，不過我們還是不願與業界妥協，那男人這麼說。喝了加冰的龍舌蘭而不是咖啡之後，美奈子帶對方回自己家並且上了床，卻發現那男人是個性無能。原以爲只是喝醉的緣故，美奈子說放輕鬆點別年紀輕輕就這麼沒用，沒想到對方又抽抽噎噎哭了起來，並且哭著解釋那是三年前去英國留學時吸毒的後遺症。雖然後來得知去英國留學一事只是謊言，可是美奈子終於明白，自己並不是因爲再次看到那男人哭泣才想要跟他上床，而是想要再次看到那男人哭泣。美奈子後來治好了他的陽痿，不過那並非什麼困難的事情。男人喜歡美奈子在浴室幫他洗頭。洗頭的時候那男人總是會閉起眼睛，似乎非常享受。而且一定會勃起。

開始半同居之後，美奈子發現對方另外還有女人。一個二十歲，在護膚按摩店還是約會俱樂部上班的小姐。女人從男人那裡問了電話號碼，某日打電話來的時候被美奈子接到。老太婆，那女人說道。妳這個變態，哪天我去燒了妳家。男人聽聞此事又哭著道歉，並且把那風塵女郎找來當著美奈子的面臭罵一頓。後來男人仍然繼續搭上別的女人，而且全都是風塵女郎。這些事情很容易拆穿。每次逼問其他女人的事情，男人起初必定裝傻否認，可是只要表示對方曾打電話來或者已經找了徵信社跟蹤，男人就態度丕變哭倒在地，以受到誘惑啦、對方是黑道的女人、自己受到威脅無可奈何啦，或者對方是以前的同學，突然從鄉下來到都市可以依靠的人就只有自己等等說詞來辯解。美奈子不禁懷疑這個男人是否爲了要這樣哭著辯解才會去勾搭其他女人，但是自己也喜歡把他弄哭，反正同樣的事情不斷再犯不論如何痛罵大概也不會有用。直到懷孕，美奈子才覺得非殺掉那個男人不可。

「有沒有好好注意營養呀？三餐要正常，不可以偏食啊，有顏色的蔬菜一定要吃，也不要總是外食喔。」

知道美奈子懷孕之後，那男人的態度爲之一變。可別輕易就說要墮胎喔，如果問我的意思，我當然願意結婚，其實好些日子之前我就曾經想過，如果能跟妳有孩子的話人生一定會有所轉變，我覺得自己能夠改變，也有改變的意願，爲此我什麼都願意去做，願意從頭開始，也願意逐漸改變人生的一切，會去找工作，甚至要我回大學重拾學業都可以，我覺得過去自己的生活非常糟糕，總是倚靠別人，而且不只是對妳，眞的是在各方面都這個樣子，還沒跟妳說過，我有嚴重的心理創傷吧，其實就只是受虐而已啦，可是直到前不久，我都還半自虐地說自己是個凌虐百貨公司，最恐怖的就是別人用圓規的針逼近你的眼睛噢，會欺負人的傢伙就是固定那幾個，霸凌犯啊，都是像我這種功課不好運動也不行的傢伙，眞的很會念書的傢伙或者像是足球隊的選手是不會欺侮人的，因爲根本就沒有霸凌的必要，可是有人好比是我受欺侮的時候，這些人都會看熱鬧，對實際出手的傢伙來說，這些看熱鬧的人是絕對不可少的，會出手欺人的都是些害怕自己哪天會被別人欺侮的傢伙，不過這並不是要先下手爲強，而是要造成階級差距，所以成績比這些人稍微差一些、反應稍微遲鈍一些、稍微醜一些的同學就會成爲霸凌的目標，藉由作弄這些同學而讓自己安心讓自己覺得和那些同學是不一樣的，還有就是，最佳的霸凌目標，是那種忍耐力強的同學，馬上就會哭出來或是反擊的人並不是最佳的霸凌目標喚，即使被當成跑腿使喚被要求叼著鞋子或者像狗一樣走路，也都只是紅著臉默默忍耐的孩子是最佳人選，老師啊，根本就不會察覺喚，功課好的傢伙和會運動的傢伙，開朗活潑，能言善道，學校這種地方就是想要大量製造這種傢伙，我之前說過好學生都是觀眾，決定這些傢伙是好學生的是文部省，老師則是隸屬其下照合約領錢，換句話說，老師原本就是站在霸凌者那一邊，我曾經想過畢業之後要把所有的人都殺掉，而且還眞的開始存錢打算找殺手，被凌虐的時候我都是想著這些事情熬過去的，如今回想起來還眞是笨，明明只要逃開就好，卻沒有那麼做，我想，之所以上了大學之後開始逃避一切，就是對此的反彈，所以至今一直在逃避，可是呢，我發現自己認識妳之後已經漸漸有所改變，以前曾在心理治療書籍上面看到過，有了孩子之後可能就會產生責任感，到時候就知道是否眞的已經有所改變了，我會非常努力的，我可以發誓，甚至要我現在當場剁下一根手指都可以。

在美奈子面前講述這些事情的時候，那男人顯得毫不畏縮，並沒有哭。美奈子堅決反對把孩子生下來。不論是男孩還是女孩，孩子一定會有與自己類似的遭遇。自己該用何種眼光來看待有這種遭遇的孩子呢？美奈子不認爲，現在會有哪個孩子能夠順利長大成人而不經歷悲慘的遭遇。如果眞的打算要墮胎的話，那男人說道，我就去妳公司把我的事情還有妳懷孕的事情都抖出來。美奈子明白，這個男人眞的會去跟公司說。開始出現孕吐現象，肚子一點一點大起來，夜裡身體會有種獨特的微熱，「好像已經會動了噢。」男人曾將耳朵貼上美奈子赤裸的腹部這麼說，當時美奈子就打定主意非殺了他不可。

「噯美美，之前送過去的金針菇，味道怎麼樣？」

吃了父親送來的金針菇，在浴室替男人洗頭時，美奈子要他稍候，自己去廚房取來菜刀，來回這段時間他一直閉著眼睛。很好吃啊，美奈子說完結束了與母親的通話。

「如果講完了，可不可以換人？」

突然聽到一個女性的聲音，美奈子嚇了一跳。「不好意思。」以發抖的聲音說完後立刻衝回車上。

「喂，妳忘了這些啦。」

發現退幣口裡還留有兩枚百圓硬幣，千春朝車的方向喊道。車上的女人搖搖手好像表示不要了，隨即揚長而去。

「賺到啦。」

千春喃喃說著，伸手取下話筒，將女人留下的兩百圓硬幣塞進外套的口袋。

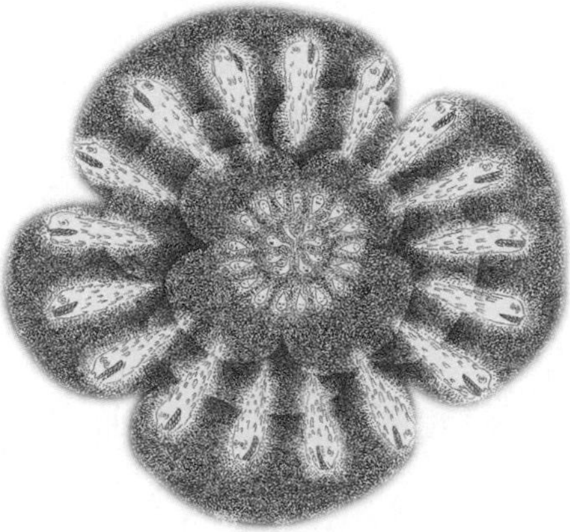

VOL 18

杉野

千春打開捧在左手的B5尺寸筆記本。內頁兩側都寫得密密麻麻，主要是數字。各頁大致等分爲二，左邊記的是公共電話的序號。千春先將眼前這具電話的序號抄入筆記本。劃分爲二的紙頁右側寫有一串連續的電話號碼。挑選了其中之一的號碼，將繪有山形木偶的電話卡插入話機，千春撥了電話。是答錄機。而且還不是本人的聲音，是不帶感情的機械男聲。現在無法接聽電話，如果有事請在嗶一聲之後留話，若要傳眞請直接傳送。

千春在筆記本寫下A、M。A表示答錄機，M則表示答錄機的招呼語是機械音。最近無人接聽的電話幾乎都是A和M。除此之外，記在電話號碼旁的字母還有O或者R。O代表公司，R則表示是餐飲店或商店。在連續的一串電話號碼中偶爾會出現以紅筆標示並寫有姓名的情形。那是千春認識的人的電話號碼。認識是認識，但也說不上親近。千春沒什麼親近的友人。由於除了援助交際的時候以及打電話之外鮮少外出，朋友並不會增加。所謂認識的人，意指知道撥那個電話過去時會是什麼人來接聽。千春迅速數過連續的電話號碼確認，再撥二十四通之後就會輪到認識的電話號碼。

千春是安非他命的常習者，每次吸食可以整整三天不睡覺。有時甚至可以一個禮拜不睡，只不過這種情況非常少見。安非他命是在郊外某車站前跟一個特定的老外買的。每個禮拜的前半，千春會挑一天搞援助交際，以時間來說大概幾個小時，對象則會找四、五個人。由於母親會資助生活費，人數這樣就已經足夠。釣客人的地點是在新大久保車站周邊。每個月要付給當地角頭兩萬。去歌舞伎町找樂子的人太複雜，而且中國人也越來越可怕。會來新大久保的客人則向來都是以十來歲女孩爲目標，很容易溝通。半年前離開學校的千春仍然持有女高的學生證。退學時校方要求繳回，可是千春並未照辦。只要擁有能夠證明年齡是十五歲的學生證，即使僅靠陪吃飯上ＫＴＶ而不必賣，大部分的客人也會付三至五萬的鐘點費。自東京都頒布法令之後，不知怎麼回事，客人不減反增。人哪，任何事情越是禁止就越是想要去做，一個熟識的流氓這麼說，也許一點也沒錯。

千春並不打算戒掉安非他命。沒有興奮劑的話生命就沒有了價值。安非他命一般都連續吸食三天，接下來的三、四天停用。由於開始吸食的時候就已經知道，安非他命對自己而言就等同於喜悅與充實，所以一直控制吸食量以免癮頭越來越大。雖然有不少人體質不適合吸食，但千春認爲自己的身體非常適應安非他命。藥效退去後，有許多人會感到不適。大部分吸食者會陷入憂鬱之中，嚴重者甚至會產生幻覺。重要的是要有清楚的認知，千春心裡想。安非他命並非萬能的神，是藥物。基本上就和合利他命或阿斯匹靈一樣，是藥物。若是過度期待的話，藥效退去時的心理落差就會變得非常嚴重。只要一開始就告訴自己興奮提神的效果退去時身體自然會有些不舒服的話就可以處之泰然，如果再妥善利用安眠藥就能夠在藥力退去的同時入睡。每個月購買安非他命的預算不會超過十萬。如果一個月購買超過二十萬的興奮劑，經濟與身體兩方面會同時毀滅。對於家庭、學校或者社會感到絕望，覺得非常不滿的人，會因爲興奮劑而毀滅。這種人即使不因興奮劑而毀滅，也必定會因爲其他事物而毀滅。

千春繼續撥電話。到目前爲止全部都是A還有M。過去這半年來已經撥了五十二萬四千一百十九個號碼的電話。只要稍微再改良一下方式，大概再五年或許就可以將東京二十三區所有的電話都撥過一遍。只不過，撥到熟人的電話號碼時會聊起來，自己也不想純粹只是以多撥電話爲目的。剛開始吸食安非他命那一陣子，睡不著覺的時候都不知道該做些什麼事情才好。電視節目越看越煩躁，何況原本就不喜歡看。廣告尤其令人光火。看到自己開保時捷的藝人幫豐田拍的廣告而不會生氣的傢伙，只配當奴隸。電視愚弄人類，電視的存在更是爲了大量製造蠢人。由於吸食興奮劑之後眼睛會花，看書很容易疲倦。曾經有一度迷上擦鞋。雖說把鞋子擦得晶亮令人心情愉快，可是千春對於流行打扮並不是多有興趣，沒那麼多鞋子好擦。認識安非他命之前，千春將援助交際所得都投入了流行打扮。認識了安非他命之後才知道，想要擁有名牌服飾的，都是只能夠靠名牌來維護自信的人。如果發現了最優先的事物，人生就有了目標。有了目標，就會產生生活下去所必須擁有的智慧。雖說對流行打扮沒有興趣，可是千春的打扮也並不邋遢。因爲客人不喜歡邋遢的打扮。平常都是參考《JJ》挑選看起來普通的衣服。看起來普通的衣服比較不會引人注意。嗜食興奮劑而穿著打扮又標新立異的傢伙都是笨蛋。耳環鼻環之類的千春都不再戴，也不染頭髮。

除了擦鞋外又經過種種嘗試，終於選定打電話作爲睡不著覺時的儀式。不是從自己的公寓住處撥打，而是使用公共電話。一來呼吸外面的空氣有益精神健康，再者必須走不少路，也是種很不錯的運動。凌晨三、四點出門，每天早上搭計程車前往各區或市鎮，然後花四十八至七十二小時將那一帶的公共電話都繞過一遍。爲了避免遭人懷疑，服裝一定得注意。白天不會有問題，可是會在深夜或是拂曉巡迴一具具公共電話的人並不尋常，所以服裝一定得特別留心以免引起當地住戶注意。最合適的是運動套裝，可是在寒冷的季節就會顯得不自然，必須小心。千春也很喜歡那種補習班下課回家，超老實用功的高中女生的打扮。

A、M、A、M、A、M、A、M……千春逐一寫在筆記本裡，撥過二十線電話之後轉向下一具公共電話。一路上千春克制著想要邊走邊跳的心情。下一個電話號碼，是認識的人。

「小春，今天也這麼早呀。」

「嗯，因爲要打工。」

「眞是了不起，今早很冷吧？電視上這麼說。」

「冷我倒是不怕，熱就不行了。」

「我想起來了，上回打電話來的時候，好像也這麼說過喔，一般來說，年輕人應該都喜歡炎熱的夏天吧，啊，我上回是不是也在電話裡這麼說呀？」

「沒，上回妳說，自己喜歡寒冷的天氣。」

「那就好，最近哪，喔不，不只是最近，這些年來，同一件事情我都會說好幾遍，因爲都一個人住，沒有人提醒這種事情，妳說對吧？所以我自己都不知道，最近哪，不只是說話，甚至還會同一件事做了兩、三次噢，哎，這麼難爲情的事情也只能跟小春妳說而已，這幾天，我突然很想吃甘納豆，不曉得你們年輕人知不知道什麼是甘納豆，小春知道嗎？甘納豆。」

「甘納豆，我知道喔。」

「哦，知道呀，竟然會突然想吃那個，眞不知是怎麼回事，還有就是那天也是突然想吃，就到附近的麵包店去買，因爲我這個人不習慣上超級市場，還是到店裡說請給我這個，然後聽到店家回應比較好，妳說是不是？所以我喜歡去小麵包店和熟食店，於是就買了甘納豆，回家後一放到客廳桌上就忘了，眞是的，廚房還有一些髒碗盤，去洗好之後，哎，又想到要吃甘納豆，以爲非出門去買不可，結果到了麵包店，老闆卻問我剛才買的是不是已經吃完了，哎呀，原來剛才已經來買過啦，我說著大笑起來，可是心裡又想，眞不知道年紀更大之後會變成什麼樣子。」

「可是也有個好處，前陣子聽別人說，痛苦的事情、難過的事情都因此而能夠忘掉，我覺得挺有道理的。」

「也是喔，小春的記性可眞不錯呀。妳媽媽最近怎麼樣？」

「還是老樣子。」

「喔，可是妳一定要堅強撐下去啊，我一直覺得植物人這種說法太失禮了，令人生氣，對老年人也是這樣，因爲很多措詞用語都沒有特別留意要體貼關心一點。別向命運低頭啊。」

謝謝關心，千春說完掛斷電話。這是住在杉並的一個歐巴桑，以前是女演員。千春所結交的人，幾乎都是歐巴桑。雖然有兩個歐吉桑，不過兩人都是同性戀。拂曉時分沒躺在床上的，要不是晨昏顛倒的年輕落伍者，要不就是老人。因爲覺得年輕落伍者的言語乏味，千春並不想與這種人結交。

撥了號碼，如果不是答錄機而是有人接聽時，千春就會很有禮貌地道歉表示打錯了，然後先掛斷電話。由對方的聲音來判斷年紀和個性，如果認爲是和藹而孤獨的歐巴桑，就會再打過去。那個，剛才眞是不好意思，再次道歉之後，有不少人就這麼聊起來而結識。只不過，會在這個階段想要繼續聊下去的歐巴桑都不太正常。近乎病態地渴望找到談話對象的歐巴桑，並不會成爲朋友。會成爲好朋友的歐巴桑，當千春再度撥電話過去時仍然不會解除戒心。千春必定會遭對方懷疑。第一個結交的歐巴桑便是如此。爲什麼打電話來？對方質問千春。

「因爲聲音聽起來跟我媽媽的很像。」

千春如此回答，在第一個歐巴桑時這並非說謊。確實與母親過去的聲音很像。

「媽媽臥病在床不能動也不能講話，所以不知不覺就開始想念起來。」

千春編了個謊話，說母親是一直臥病的植物人。千春的母親去年再嫁，如今在新加坡。再嫁的對象是個令人討厭的男人。如果要跟那個人一起生活，千春寧可去死。父母的年紀相差頗大，在一家極其普通的出版社上班爲人老實的父親，在獨生女千春八歲的時候因爲肝病過世。母親靠保險金與退職金在中央線旁買了一間小而雅致的公寓。沒有任何證照或者技術的母親每天兼三份差事，送千春進入一所知名的私立女校。這個人爲什麼要這樣幾乎是不眠不休地工作呢？就爲了供我去讀私立女校而如此賣命工作，這個人，幸福嗎？千春心裡這麼想。雖然很想問母親是否幸福，可是一直沒開口。因爲害怕聽到否定的答案。千春衷心希望母親能夠幸福，如果母親的答案是不幸福的話，千春認爲那一定是自己的責任，所以感到害怕。千春升上高中部時，才三十多歲的母親依然相當美麗，並且認識了那個男人。男人似乎頗爲富裕，可是千春很討厭他那自信滿滿的態度，經常毫不在意地講話激怒他。母親夾在千春與男人之間左右爲難，但是最後選擇了那個男人。或許是希望母親選擇那個男人，我才會說那些過分的話，千春如今會這麼想。眞的會自己照顧自己喔，母親最後這麼說，哭著上了飛機。「媽媽，現在，妳覺得幸福嗎？」千春最後很想這麼問，但終究還是沒有開口。千春相信，等自己再長大一些，問這個問題的時機總有一天會來臨。休學一事，千春並沒有告訴母親。可是問題並不在我，千春心裡想。問題跟我沒有關係，而是在於母親是否幸福。

「哎呀，是小春哪，」

獨居的歐巴桑非常多。老人的住處似乎連惡作劇電話都不曾接過。跟認識的歐巴桑聊天時，千春不禁會覺得自己好像在扮演一個理想的女兒。一個父親早逝，過度操勞的母親因爲腦血管破裂而成爲植物人，自己必須兼好幾份差事從早工作到深夜賺取母親住院費用，苦命但是樂觀勤勞的十五歲少女。我這樣是不是很僞善呢，千春時常這麼想。與那些歐巴桑聊天並不是眞有多快樂，而且如果沒有吸食安非他命的話自然也不會做這種事。

「小春，我正在幫妳打一件毛衣，打好之後不知道能不能穿喔，眞是不好意思，也沒問問妳就擅自開工了，仔細想想，現在的年輕人，好像不興穿這種手工編織的毛衣了喔。」

「才不會呢，去年好像就相當流行耶。」

「哦，這樣啊，那打好之後就拿給妳穿好嗎？」

「可是我工作很忙，恐怕沒有時間親自去領取，沒有關係吧？」

「那當然，我知道小春很忙，到時候會用寄的，現在都內用宅急便的話一、兩天就會到了，小春住哪裡呢？」

「在武藏境，關町二丁目。」

「耶，在關町啊？眞是不敢相信，眞的在關町嗎？很久很久以前我也曾經住在關町呢。」

歐巴桑憶起了往事。不論多麼痛苦的過去，回憶通常都是美好的。千春想要聽這一段往事。

「噯，小春，關東巴士，現在還有關町二丁目站嗎？」

「有啊。」

「妳可能不知道吧，在那個站後面有條巷子，裡面有個小神社，種有一棵巨大銀杏的神社，妳可能不知道吧。」

「啊，是不清楚。」

「現在可能已經不在了，以前哪，每到秋天，我都會去那裡撿拾銀杏的果實，知道嗎？」

「白果嗎？」

「沒錯沒錯，那東西的味道很重，手啦還有其他地方都會沾上那種味道，那個時候，我還在讀高中，大概十八歲左右的時候吧，有早稻田的學生會去那個神社念書，看起來好像是會讀很艱深的書的人噢，我因爲不想手上沾到味道，後來就不喜歡撿銀杏的果實了，不過這樣面熟了之後，因爲是過去那個年代啊，我們幾乎是連話都沒說過，如果是現在的話一定會被人取笑吧。」

「那做了些什麼呢？」

「嗯？什麼？」

「哦，不是說也沒撿白果，也沒有跟那個學生講話，我想知道那究竟做了什麼。」

「就一直看著，躲在銀杏樹幹後面。」
「就只是看著而已？」
「可是呀，很美噢，銀杏的葉子，那種黃色眞的會令人眼睛發疼，秋日的陽光灑下來，地面也滿是落葉，風一吹呀，葉子的影子就會緩緩在地面晃動。」
只會回憶美好往事的歐巴桑非常可愛，千春心裡想。昨天結識的人數經計算是二十四人。
還要再撥五百六十二人次電話，才會遇到下一個認識的人。第一百一十二人的電話不是答錄機。「什麼人？混蛋！」一個年輕男性的聲音。千春還來不及說任何話，對方就已經破口罵道：「什麼人？混蛋！」這種情形非常罕見，於是千春決定聽一會兒對方的咒罵聲。
要來就來啊，我早就說了，來啊，我就在這裡，來試試看啊，幹嘛不講話，我已經知道你們要搞什麼把戲對付我啦，最近還在廣播節目上講對吧，調頻電台那個主持人也是你們一夥的對吧，這種把戲我一眼就看穿了，怎麼，那些點歌也太明顯了吧，什麼保羅・戴斯蒙，史坦・蓋茲，魏斯・蒙哥馬利啊？那全是對我的暗示對吧，我知道啦，那全是暗示，保羅・戴斯蒙是中音薩克斯風，史坦・蓋茲則是次中音，魏斯・蒙哥馬利則是吉他，這些就是證據，證明都是對我的暗示，你們跟蹤我有何目的也都被我看穿了。」

話還沒說完，對方就把電話掛了。杉野對著掛斷的電話用更大的聲音罵道：「你們難道不知道，我在曼谷買了槍回來嗎？」

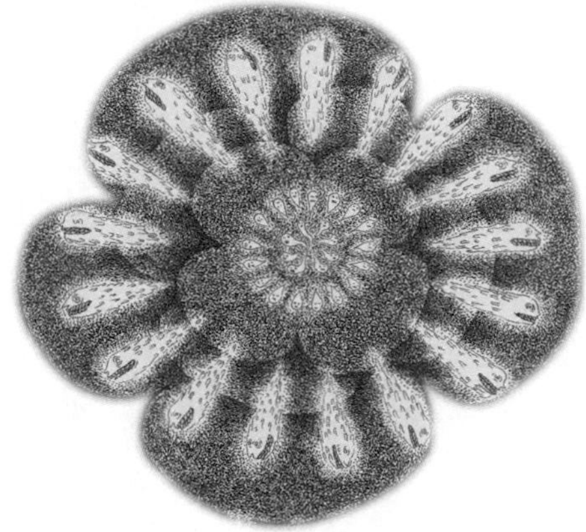

VOL 19

優子 2

如果去曼谷的時候眞的買槍回來就好了，杉野心裡想。還記得去曼谷時候的事情。我的記憶尙未遭到破壞，因爲那傢伙打算慢慢玩弄將我破壞，所以不會立刻就將我的一切都毀掉吧，如果立刻就將一切毀掉的話樂趣也就會隨之結束，對那傢伙而言要馬上找人取代我也很麻煩，杉野邊這麼思索，邊用雙筒望遠鏡持續監視公寓外面的馬路。

杉野住在橫濱、川崎，與東京交界一帶，一條雜亂無章的商店街後面的磚造公寓。公寓緊鄰鐵路，紅豆色的電車來來往往，好像從窗子伸出手就可以摸到似的。每當電車經過，造成的震動就使得整個房間不住晃動。杉野在半年前離開已經待了六年的一家中堅音響設備製造公司。是自願退職。從原本的技術開發部門被調去營業部門時，他認爲就只有辭職一途。因爲自己的個性不適合跑業務，杉野是再清楚不過。最後有超過百人的職員面臨失業的命運，與資方談判抗爭的工會視接受優退的杉野爲背叛者。雖然拿到了搬到便宜的公寓省吃儉用可以撐個一、兩年的退職金，杉野卻因此失去了自大學時代就一直在一起的好友。好友在工會擔任執行委員。雖然實際上等於是遭到公司解雇，可是失去那位好友更令杉野難過。與那位朋友相識於一所平凡私立大學的電工系，兩人一同參加研究爵士樂的團體，後來兩人均得以進入當時靠揚聲器系統不斷創下佳績的音響設備製造公司時，杉野認爲，這傢伙將會是自己一生的朋友。

兩人在許多方面都呈現對比，杉野一直以爲或許就是因爲如此才會湊在一起。友人出身東京一個相當富裕的家庭，個性積極，爵士樂方面喜愛的是當時被視爲仿效派的巴薩諾瓦以及西海岸白人的東西。杉野則是栃木一個國語教師家的孩子，自小學的時候便選擇當一個不顯眼的乖乖牌；在唯一的興趣爵士樂方面，喜歡的是被視爲主流的約翰・柯川、邁爾士・戴維斯，以及「藍調之音」這個品牌的東西。那時杉野住在高圓寺一間只有兩坪大一點的公寓，朋友經常去找他玩並留在那裡過夜。在爵士喫茶店泡很久，然後邊喝朋友從家裡偷出來的威士忌邊閒聊各種話題，那是杉野過去從未體驗過的時光。「家住東京的傢伙眞是幸福啊。」聽杉野這麼以爲，朋友說道：「別傻了，根本就連一點自由都沒有。我因爲不喜歡打工，大概在就業之前都別想離開家了。實在是羨慕你呀。」至於兩人在那裡相識的大學也一樣，在杉野來說是第二志願，對那個朋友而言卻好像是個丟臉的結果。雖然很想現在就開始準備重考，可是意志力薄弱，大概也考不好吧，朋友經常這麼說。由於與這個朋友來往，杉野才明白，世界上或許並沒有絕對幸福的人存在。想到留在鄉下的那些傢伙不會明白這種事情，讓他也有種優越感。

這個朋友很想去曼谷。東方飯店的鋼琴酒吧有個四十年前逃離哈林區來到此地的傳奇黑人老鋼琴師噢。由於這個朋友還沒有去過曼谷，所以杉野離職後爲自己安排海外旅遊的地點便選擇了曼谷。旅行之前搬了家之後，杉野就開始陷入一種彷彿神經不斷被刮削的失落感之中。每當電車經過整個房間隨之晃動的時候，友人最後所說的那句話就會浮現在腦海。

「你以前不是這種人。」

由於杉野過去未曾有出國的經驗，一來自己期待旅行或許能夠轉換個好心情，雙親也同樣這麼認爲。因爲杉野離職之後講電話的聲音越來越有氣無力，讓父母非常擔心。杉野以爲，只要站上友人尚未去過的地方，多少都可以擺脫失落感。只不過，五天四夜要價十一萬八千圓的旅行團並沒有辦法住宿東方飯店，雖然沒有確認行程是抵達曼谷之後立刻前往芭達雅海灘錯在自己，可是杉野卻以自己都難以置信的激烈語氣向領隊抗議，並因此而立刻被所有團員孤立起來。沒有人要與他住同一間房。雖然最後與領隊同住，可是完全無人理會杉野，在芭達雅沒去海邊也沒上餐廳，一直一個人窩在房間裡。友人最後那句話與芭達雅海浪的聲音重疊在一起不斷反覆傳進耳裡。

回到曼谷，杉野獨自前往東方飯店。來到鋼琴酒吧一看，鋼琴師是個年輕的白人女性。杉野不諳英語，只能夠默默聽著那令人作嘔的情境音樂。雖然那俗氣的鋼琴酒吧感覺非常差，無奈又沒有其他地方可去，杉野在這之間開始有種奇怪的感覺，好像有人在監視自己。在陌生的外語喧嚷談話聲中，混雜有那個朋友的聲音。「那傢伙是全天下最沒出息的人了。」朋友正指著杉野如此取笑。杉野氣得臉發燙，冷汗沿著脖子流到腋下。那個朋友無疑就在此處，這種恐懼轉變成爲既視感。杉野陷入一種自己以前曾經身處與此類似的場所，曾經體驗過這種氣氛的感覺之中。周遭的談話聲聽起來彷彿逐漸凝結爲一。好像有人在耳邊怒罵。幼時沉睡的記憶因爲這怒罵聲而甦醒。焦點沒有對準的影像浮現在眼前，帶有雜訊的聲音在耳旁響起。母親背著襁褓中的杉野，正用吸塵器清潔家裡。父親則在破口大罵。母親在屋裡不住移動躲避父親。被綁在母親背上的杉野，視野就如同旋轉木馬般迴轉，父親則追在後面繼續怒罵。父親到底說了些什麼，襁褓中的杉野並不懂。彷彿將頻道沒有調準的收音機音量開到最大一般，帶有雜訊的破碎怒罵聲，以及忽然出現帶有暴力的記憶控制了杉野，令他越來越搞不清楚自己究竟身在何處，並在那鋼琴酒吧裡失去了現實感。

回到日本後，杉野不斷打電話給友人。你爲什麼要去曼谷？既然打算要去，先跟我講一聲不行嗎？我可以爲獨自辭職的事情道歉，不過也請別再纏著我，我已經知道了，我全都知道了，你是對的，我沒有辦法跟你對抗，你究竟雇了什麼人？能不能叫那些整天在公寓外頭監視我的傢伙離開呢？隨時都有不同的人緊盯著我；我已經沒有任何恨意了，而且原本就不恨你，你不覺得監視我一點意義也沒有嗎？你一定認爲我做錯了，可是我離開公司都已經兩個月，不是應該已經都忘了彼此嗎？還有就是，能不能別再跟我的父母講那些有的沒的了？我爸媽根本就不太認識你，可是居然連他們都站在你那一邊，說要把我帶回鄉下老家，這樣太不公平了吧？別再煩我啦，別再跟蹤我啦……每次一講這些，朋友就說：「你還是趕快去看醫生比較好。」語氣顯得很悲傷。杉野打了將近五百次電話給那個朋友。起初幾次，友人只是一再重申要他去看醫生。後來，不論是在公司或是家裡都不接杉野的電話了。

終於，杉野輾轉得知友人辭去音響製造公司的工作，轉往當時剛成立的一家調頻廣播電台任職。杉野將收音機的頻道固定在那個調頻電台，幾乎整天收聽該台的節目。所有那些節目都是那個朋友放出的訊息，杉野認爲是因爲那傢伙進入廣播電台工作，朋友增加了。DJ、主播、主持人所講的事情聽起來全都是侮辱杉野的密碼。他們的笑聲都是嘲笑。他們談論的事物，比方說讀出關於戀愛的傳眞問卷時，只要將戀愛這兩個字換成杉野，就可以看破其中的陰謀。

我覺得杉野對我們來說眞的是不可缺少的，甚至可說是我們生命的意義爲我們帶來最大的喜悅，如果平常一直在意杉野的事情確實不太自然，腦袋裡只想著這種事情的人搞不好反而會與杉野無緣，可是請想像一下完全沒有了杉野的世界，那將會是一個沒有任何喜悅沒有情趣沒有興奮激動的灰色世界，會在杉野上失敗的人我覺得應該很多，而且我們最害怕的就是因爲杉野而受傷，這也是事實，有一本女性雜誌所做的問卷調查顯示，年輕女性最大的煩惱根源就是杉野，大家明明很想嘗試杉野的滋味卻往往因爲害怕而猶豫不前，就是因爲害怕才會沒有辦法與杉野邂逅，所以第一步就是出門去吧，外面潛藏著杉野的可能性，不要害怕，積極一些好好努力吧，就從親切與各式各樣的人接觸開始，有朝一日終究能夠擁有屬於自己的杉野。

這些廣播節目杉野幾乎全都用錄音帶錄下，反覆聆聽，並用文字處理機輸入存檔。只要將某個辭彙換成「杉野」或者改成大學時代共同的友人名字，將談論的專有名詞換成杉野故鄉的小學校名，就可以清楚看出電台的所有節目都在談論杉野。

終於，杉野有了重大的發現。就是那個友人爲何要如此糾纏不休，這個疑問的解答。發現時杉野非常高興，立刻寫信給那家廣播電台。

敬啓者，又到了陽光從樹葉轉紅的枝頭灑落的美麗季節，想必諸君貴體盡皆安泰，且說此番來信的目的，是爲了向各位報告，敝人杉野浩發現某一友人於貴電台就職的重大疑惑，友人的姓名暫且不表，但相信貴電台全體人員應該都知道這個名字，該友人對敝人杉野浩進行人身攻擊使敝人成爲社會的笑柄，以此作爲提升收聽率的企劃，並據以於貴電台謀得一職，此事已經敝人調查並加以證實，敝人已因此陰謀而蒙受極大損失，除失業之苦外尚須承受社會諸多不合理對待以及嘲笑，敝人目前甚至二十四小時遭到監視處於無法自由外出的狀況，就連故鄉的雙親及其他親戚也都站在貴電台的立場，計畫將敝人送入精神病院，敝人目前已經失去所有依靠，儲蓄也將見底，無奈再就業之路遭到堵死，走投無路已經是不爭的事實，祈望諸位詳查本人指控，停止一切對敝人的攻擊與侮辱，若，今後四十八小時內未見改善，很遺憾必須在此告知各位，敝人考慮將循法律途徑解決，順祝諸位日後業績蒸蒸日上。

即使沒有回音，杉野仍然繼續寄出這樣的信。到了根本沒拆封就原信退回之後，他又寫了近百封同樣內容的信，寄到所知的每一家報社、雜誌社、出版社、電視台、廣播電台，以及每一個作家以及記者。沒有人回信，該廣播電台的節目內容也沒有改變。杉野覺得有必要請律師，決定忍耐苦痛外出工作賺取支付律師的費用。雖然學、經歷部分沒有問題，通過了數家公司的書面審查，可是面試時都被刷掉。因爲在每一個面試會場，杉野均指摘明顯有該友人的影響力。所有的主考官都曾聽過該調頻電台的廣播，這就是該友人影響力的最佳證明。大家都已經知道我了，杉野如此認爲。不論是柏青哥店、配送公司，或者道路工程，都有該友人監視的眼睛在閃閃發光，在這類危險的職場不知道會遭遇何等對待。雖然也曾拜訪以拯救弱勢著稱的律師，可是資料似乎早已外洩，對方業已遭到該友人洗腦。聽律師勸自己去看醫生，杉野勃然大怒，律師只得威脅他說要報警。

杉野幾乎沒有正常吃飯，總是拿著雙筒望遠鏡監視外面的馬路，所以也沒有好好睡覺，體重減輕了將近二十公斤。所有的餐飲店及販售食品的商店裡都有人被該友人洗腦，準備將腐壞或者下毒的東西售予杉野。證據就是，每當杉野開門見山當面質疑這麵包被下毒了吧，對方必定會老羞成怒，表現就如同任何人謊言被戳破的時候一樣狼狽。直到有一天，就連自動販賣機的歐樂納蜜C和卡路里代餐也都無法信任了。因爲杉野發現，有該友人的手下混進了自動販賣機的補貨人員之中。該友人的手下具有明顯的特徵，也就是不時會出現一些與工作無關的動作。用雙筒望遠鏡觀察就可以清楚觀察到。比方抬頭仰望天空，主動跟路過的小孩子打招呼，和同事談笑講著無聊的笑話，輕踢路邊的小石頭，這些都不是尋常人會有的舉動。

有時實在是飢餓難耐，杉野會去偷竊食物。因爲杉野認爲，偷竊是在該友人無從知悉之處所進行的行爲，所以不可能下毒或者事先放置腐壞的食物。主要下手的對象是大清早放置在喫茶店一類店家門口的麵包及蔬果。可是只要竊得適量的食物，杉野就會收手。主要的考量是，該友人的勢力應該也及於警方，若是繼續偷下去的話必定會遭逮捕。

雙親和哥哥曾數度找上門，也曾帶著精神科醫生一同前來。可是每次杉野一用雙筒望遠鏡發現他們就立刻逃之夭夭。這三個月以來一直處於懷疑可能遭受襲擊的狀態，所以腦袋裡總盤算著隨時可以逃走的路線，還在背包裡準備了可以維持幾天的食物。逃離之後必定會數日之後才回家。有時會去投宿非常便宜的膠囊旅館，有時則會在通宵營業的喫茶店耗到天亮。其間有個意外的發現就是，逃亡的生活非常安穩。膠囊旅館、通宵營業的喫茶店、公園的長椅，或者馬路上這些一般人討厭的場所，都不會看到經該友人洗腦的監視者。所以杉野不但睡得好，食物也可以順利下嚥了。以結果來說，逃亡時的去處反而讓杉野得以恢復體力。仔細想想，這些地方盡是殘敗者與逃亡者的聚集之處。那個友人應該也已經發現，派人監視在眾多逃亡者聚集之處太過愚蠢。該友人攻擊和侮辱的目標是鎖定在杉野身上。爲了讓杉野一輩子困在這種逃亡者聚集之處當個殘敗者，該友人已經付出了難以估計的代價。所以只要杉野實際待在那種地方，就沒有必要繼續出手。可是，杉野可不能一直停留在那種地方。因爲若是甘於此種安逸而在殘敗者的窩裡定下來，就等同於自己已然敗北。

杉野舉著雙筒望遠鏡觀察黎明前黑暗的馬路。剛才的電話會是什麼人打來的呢？可不能夠放鬆警戒，實在是應該在那趟曼谷之旅時買槍回來的，若是有了槍，才有可能進行攻擊，如今自己只能夠一味採取守勢，如果不能夠在哪一天反守爲攻的話就只能永遠這樣下去了，除極少數例外，該友人的監視幾乎遍及整個社會，唯獨此事是事實，不，唯獨此事對我而言是實在的，是人生，多麼單純的原則啊，而我將完全接受此事，這是我活下去的唯一理由，也是我存在的證明，除了社會邊緣雜亂不潔的避難場所之外，敵人已經控制了所有的區域，支援那傢伙的有，電視節目、每一家電視台及廣播電台、所有廣告、所有媒體、出版社、報章雜誌和書籍，電子機械、音響設備、區域共同體及團體、律師、法院、物流業者，西服號、麵包店、珠寶店、鞋店、寵物店、內衣店、影視出租店、蛋糕店、鐘錶店、照相館、花店、眼鏡行、東急手創館、超級市場以及百貨公司，旅行業者、代理店、汽車公司、滑雪場與游泳池、高爾夫球場、網球場以及健身房，計程車、公車、鐵路、渡輪、航空以及高速公路等等公司，休閒度假區開發業者、房屋仲介、大樓與別墅管理業者、進出口業者、小吃店、餐廳及雅致的喫茶店、小酒館、飯店和旅社，所有的公司、企業、銀行、證券公司，消防、警察、郵局、幼稚園、補習班和學校，所有的官府衙門，世界上一切的宗教、藝術與藝能，還有家族、政黨、政府與國家，我必須與這一切戰鬥才行，不論任何地方都找不到夥伴，這一陣子忽然想起過去曾在電影上看到的阿富汗游擊隊，在他們眼中，復仇是爲善、是義務，他們會持續奮戰，不斷殺敵，絕對不會手下留情，會趕盡殺絕，我要以他們爲師活下去，以地底或避難所爲休息場所永遠戰鬥下去，總有一天我會反擊，總有一天我要用火箭筒把那友人及其所有支援者的住處轟個稀爛。

「大叔，在賞鳥嗎？」

一個路過的年輕女子跟杉野打招呼。杉野一眼就可以看出，這個女人是個殘敗者。殘敗者不會是那友人的手下。

「我在監視，看看是否有哪個傢伙會來偷襲，妳也應該小心一點。」

杉野這麼說。

「知道了，我會小心的。」

散步途中的優子這麼回答。

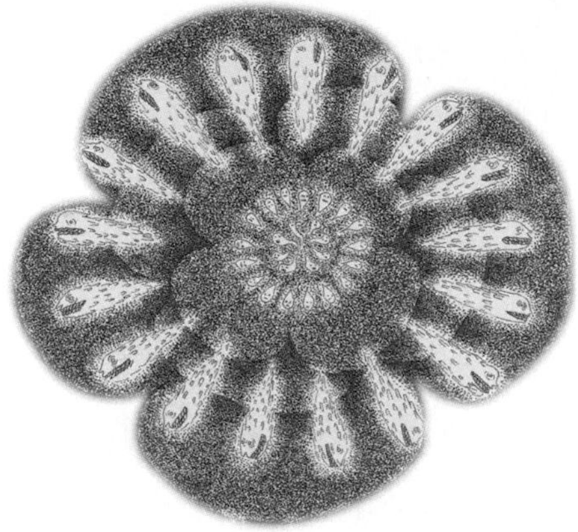

VOL 20

他人

途中優子數度回頭望向公寓，搞不懂那個男人究竟是在做什麼。之所以會在此黎明時分外出散步，是因爲幾乎所有建築物的窗子都關著。沒有人會在冬季的黎明時分開窗的。屋裡有各式各樣的纜線與電線，其中有些也流動著帶有資訊的電子訊號。優子可以不必透過螢幕或喇叭，就直接看到或聽到那些經過轉換的電子訊號。離纜線和電線越遠，就越不容易接收到其中的訊號。只要距離超過十公尺，雖然仍會感覺到訊號存在，可是並不會實際凝聚成影像或者變成可聽聞的聲音。若是纜線和電線埋入牆壁或地下，或者有其他遮蔽物的時候，也不會接收到其中的訊號。如果遮蔽物是紙拉門或格子門，還是容易透過來。木材可以降低穿透力，如果是混凝土或金屬的話幾乎可以完全阻隔。

散步的時候若是面向馬路的建築物有窗戶開著，優子就會模模糊糊感測到那間屋子裡的電子訊號。當然，那並不會形成影像或者聲音，只是知道有訊號存在。那種重重堆疊混雜成一團的訊號，絕大部分的情況下都非常污濁。若是連接錄放影機與螢幕的端子近在身體可以觸及之處時，不論類比式或者數位式，優子都可以將其中流動的電子訊號解碼還原成影像與聲音。雖然有時影像或聲音會變得模糊不清，可是只要接近電線（Line）到最近距離就一定可以收訊。隨著與電線（Line）間的距離增加，以及有無遮蔽物的微妙差異，收訊的清晰度也會隨之下降。若是距離超過十公尺就會無法收訊而只有感應，但是在優子的感覺中，被削弱的電子訊號會變得有如小小的抽象畫或是隱隱約約的幻聽。美麗的影像或音樂，即使變成微弱的抽象藝術也依然美麗。

幾乎所有的住家或屋子裡被削弱的訊號所形成的抽象物不論圖形、顏色，或者音色都非常污穢。優子原本以爲是電視或收音機不良的緣故，可是那個手持雙筒望遠鏡向外瞧的男人的屋裡並不污穢。因爲原以爲是在賞鳥，結果卻令優子意外。那些賞鳥者房裡的電子訊號簡直就像是鳥糞。錄製後再播放的自然界聲音醜陋得令人作嘔。浪濤拍岸聲、鳥鳴、小溪的潺水流聲，或者蟲鳴，不論錄音狀況多麼良好，人類的血流和呼吸聲都會混入訊號中，那種混合狀況、聲音結合的方法都很醜惡。

天將破曉這個時間出門散步不會頭暈目眩。如果是白天外出購物之類的情況，就可能會因爲莫名其妙的性飢渴而頭暈目眩。事實上優子就曾數度因此昏倒。有一回搭電車時那種飢渴感突然來襲。走進車廂抓住吊環的那一瞬間，忽然陷入一種全身的皮膚彷彿都有螻蟻般的小蟲在搔爬似的感覺之中。儘管身在電車上，優子卻想著是否要當場自慰。以前有一回眞的就在電車上開始自慰，結果有乘客通報，相關人員來到，將優子帶到一間充滿煤油味與醬油味的可怕小房間。好像是站務人員的休息室。優子在那裡挨訓挨罵，被大聲斥責。雖然從小就習慣這樣被嚇唬，可是車站內似乎有許多電氣線路通過，有些會讓優子看到如同做噩夢般的影像。這並不是指傷害人、殺人，或者如同恐怖片一樣的影像。恐怖片很有趣，有人死去也不是噩夢而是現實，同時也符合醫學。典型如噩夢般的影像是，一大群人面無表情不斷重複同樣的行爲，或者明明沒什麼好笑的事情一大群人卻齊聲大笑，諸如此類。供作站務人員休息、吃便當的小房間裡充滿了這類的影像。

因爲不願意去那種地方，優子決定忍耐到下一站。抵達下一站之後趕緊進廁所摩挲私處就好。最近優子終於發現，並非想自慰才會發生頭暈目眩的情況。只不過，自慰可以抵抗暈眩。

白天走在街頭忽然襲向優子的暈眩確實與性有關。所以優子才會決定以自慰來抵抗。如果遇到合適的男性，開門見山表示想做愛就直接帶回家的情況也不少。因爲這是一種想要跟某個人做些什麼事情的飢餓感，優子覺得八成就是性吧。可是究竟是想要跟什麼人做什麼事情，優子卻毫無概念。在不明所以的情況下忍受那種飢渴是件痛苦的事情。所以就把問題歸因於性愛。性愛很容易理解。自己是被需要的，而這也是自己所需要的，這兩方面都顯而易見，轉眼之間就可以建立起人際關係。而且這種關係可以不必長久維持下去。可以不必爲對方努力，也可以不必考慮措詞用語。只要男方，或者雙方都達到高潮，接下來只要用衛生紙擦拭乾淨就告結束。至於自己是否因此而滿足則不得而知。優子沒有滿足這種概念。不過飢渴是止住了。自己的性慾和別人不同這件事，優子也不是很清楚。醫生說這是慕男狂症。這種話就隨他們去說，反正也無所謂，就連自己是否生病也都無所謂。

東方的天空露出了魚肚白。再穿過一條馬路就會來到多摩川。走在像是散步道的河邊小路上迎接黎明，令人心情愉快。天空從深紫色逐漸轉爲藍色時，優子會聽華格納的旋律。「帕西法爾」或是「崔斯坦」的序曲。優子幾乎所有的音樂都不聽，唯獨華格納例外。並不是用隨身聽。由於已經聽過了無數遍的華格納，只要打開腦內某一點的開關自動就會聽到。在華格納的歌劇中，幾乎所有的登場人物都有煩惱。可是優子還不曾在現實的社會中遇過像華格納歌劇登場人物那樣苦惱的人。苦惱和寂寞，究竟有何不同呢？

會說自己寂寞或者不寂寞的人很多。在優子居住的那個開發區有一戶人家的狗屋裡，住著一個脖子拴著狗鍊的男人。那男人過去是個卡車司機，被那一戶的女主人豢養著。女人似乎從事特種營業，濃妝豔抹就好像是寶塚歌劇團的人一樣，總是板著臉。男人原本與家人同住在埼玉，後來在銀座還是赤坂認識了那個撲克臉的女人，便懇求女人讓他住在狗屋裡。優子偶爾會跟那男人談話。雖然附近的人都知道那男人的事情，可是沒有人會接近甚至與他交談。優子曾問過那男人，原本住在狗屋裡的狗哪去了。因爲優子懷疑男人是否搶走了狗的住所。這一家原本並沒有養狗，男人回答優子。狗屋是我自己買了搬過來的。撲克臉女人經常會在從外面無法看到的庭院角落，用樹枝等物抽打那男人。雖然優子獲得允許進入那戶人家的庭院，可是並非自行詢問是否可以進入，也不是那兩人主動招待。只不過有一天優子突然很想進去看看，而男方與女方都沒有拒絕而已。撲克臉女人將脖子拴著鍊子的男人抽打到背上流血。知道有旁人觀看，撲克臉女人朝著優子一笑，彷彿在問有何感覺。對方想知道優子是否感到興奮。優子曾問撲克臉女人，是否可以跟那個男人做愛，得到的答案是否定的。因爲這是一條狗呀，我說，人怎麼可以跟一條狗做愛呢。在埼玉與家人同住的時候總是覺得非常寂寞，男人曾經對優子這麼說，可是當時並沒有發覺那就是寂寞。我有兩個孩子，非常可愛，可是我卻經常覺得心浮氣躁，只是因爲非做不可才去駕駛卡車工作，和家人一起吃熗飯，並不是覺得有什麼不足，但就是覺得整個都不對勁，我覺得，人其實有許多種自我，在面對他人的時候人格會有微妙的變化，因應對象的差異我覺得有時甚至會變得好像完全不同的人，這是因爲我們要靠他人來確認自我，過去與家人一起的時候我覺得寂寞，雖然說與家人在一起的時候，我還是我自己，可是跟那個女人在一起的時候，我覺得那才是眞的我，意思並不是說就不會疲憊就很快樂或是興奮什麼的，而是如今的我，已經安定下來成爲我自己了，像我這樣做出如此奇怪丟臉的事情的人，全世界六十億人裡搞不好就只有一個而已，可是現在的我，我啊，根本就不在乎其他六十億人會怎麼樣，只要能夠這樣跟那個女人一起生活，我就不會寂寞了。

「出來散步啊？」

河邊小路那頭的一戶人家傳來跟優子打招呼的聲音。一個年近半百，鼻青臉腫的男人。是出來散步，優子回答。

「請問，是不是能再幫我一個忙？」

鼻青臉腫的男人這麼說。眼皮和眼角腫起，兩邊的眼睛幾乎都快睜不開了。鼻子仍流著血，下嘴唇耷拉著，就好像以前看過的非洲某部落的人一樣。男人想對優子擠出笑容，可是笑得很難看。這個男人受到兒子的暴力對待。由於狀況非常危險，再加上心理諮商師的建議，於是在院子裡蓋了間組合屋與兒子分開居住。即使如此，兒子仍然會闖進組合屋對他動粗。

大約一個禮拜之前，同樣也是像今天一樣的黎明時分，優子正好目睹兒子對父親動粗的場面。這一戶人家並不是多麼大，組合屋的大小雖然僅能供一個成人勉強睡在裡面，卻也緊鄰主屋就快碰到了屋簷。組合屋佔據了狹小的庭院，玻璃窗幾乎全部破損，到處都是被球棒還是什麼物體打出來的傷痕和凹陷。好像很難再見到比此更暴戾殺伐的景象了。騎在父親身上揮拳的兒子發現優子，立刻大罵：「看什麼看，快滾！」玄關門開著，當時電話鈴聲正好響起。電話應該設定在答錄機狀態，優子聽到了正在留言的女性聲音，「十萬火急趕快回電！」優子將此事告知那對父子。兒子看著優子，一臉「這女人在胡說些什麼啊」的表情。研判可能是母親打來的電話，優子覺得還是說一聲比較好，於是將詳情告知二人。住在新潟的奶奶好像病倒了，跟爸爸說，趕快打電話過去問一下。父親搖搖晃晃站起來，走進主屋。「妳到底是什麼人？」兒子目不轉睛直盯著優子，用嘶啞的聲音問。「我可以聽到電話線路裡的聲音。」優子說。「她說的一點沒錯。」父親說著走了出來。「那是超能力嗎？」兒子問，「這我就不知道了。」優子說完就要走開，卻被對方出言攔住。兒子想知道有關那能力的事情，優子簡單做了說明。兒子拉住優子的手走回家。屋裡，父親正在做出遠門的準備。「爸爸要去新潟一趟。」父親說道，可是兒子根本不理不睬。兒子不知去哪裡翻出一捲破破爛爛的錄音帶拿過來。塑膠外殼破損，裡面的磁帶都已經外露絞在一起。這是朋友錄給我充當信的帶子，我誤以爲是老媽的英語課程，結果弄壞了。「妳可以聽出裡面的內容嗎？」兒子這麼問。這我辦不到，優子說。如果沒有轉成電話、錄放影機，或者電腦那一類靠線路傳輸的電子訊號，我就無法看到或是聽到，這個磁帶上面只是因爲磁力密度差異而像是刻上了圖案而已，若是沒有播放轉換成電子訊號就不會產生聲音。兒子雖然失望，可是對優子產生了敬意。接著，「我非常喜歡祖母，是不是該跟那傢伙一起去新潟呢？」兒子這麼找優子商量。「我不知道，因爲我的身邊並沒有這樣的人。」優子回答。結果，兒子跟著父親一同前往新潟了。

「能不能幫我跟那小子談一談？」

兒子好像完全不跟父親講話。不知道是哪裡出了毛病，正在揍我的時候突然抱著頭非常痛苦，還嚴重嘔吐，接著就回到家裡鎖上門不讓我進去，我很擔心，想報警或是叫救護車，可是萬一那小子沒什麼事的話，一定會非常生氣，到時候搞不好會因爲這樣而把我給殺了，如果找妳，我想那小子應該會跟妳談的，父親對優子這麼說。不要，優子回答。父親哭了出來。如果我不是這麼沒用就好了，可是我已經想不出辦法了，那小子什麼也不跟我說，不過，我認爲那小子打我也是一種溝通方式，是一種給我的訊號，所以才會一直忍耐。父親跪在地上哭著這麼說。

「所謂訊號並不是這樣子的東西。」

離開這戶人家時優子這麼說。

走在河邊小路上，優子心想，大概再幾分鐘太陽就會升起了吧。所以聽完「帕西法爾」序曲的時候大概可以回到公寓住處。公寓裡，那個叫做幸司的保鏢兼管家應該已經準備好了早餐。幸司受雇於優子的監護人，優子再怎麼色誘，幸司都不願跟她上床。儘管這似乎是監護人所禁止的事情，優子還是問過幸司，是否討厭自己。不是這麼回事，幸司說。只是覺得妳就像個小女孩，令我無法產生攻擊的意圖，沒有攻擊的意圖，男人就無法做愛。之前也曾經說過，優子沒有一個正常的幼兒期。一來優子無法拿自己與他人相比較，再說也沒讀過書，所以無法明白幸司這些話的意思。只會覺得之所以不願跟自己做愛，就是因爲討厭自己。

自慰的時候，優子會想像正遭受討厭自己的人侵犯。帶男人回家的時候，也會要求對方說「我最討厭妳了！」這種話。也有好幾個人對優子說「我喜歡妳」。優子根本無法理解喜歡某個人究竟是怎麼回事。不懂「喜歡」這種感情。如果這就跟自己喜歡康定斯基的畫作或者華格納的音樂一樣的話，優子覺得這個世界上並沒有自己會投注這種感情的人。比方對於幸司的感情，就和對於華格納音樂的感情不同。如果沒有了幸司自己也不會難過，可是如果沒有了華格納的音樂，自己大概會沒辦法活下去吧。那個住在狗屋的男人曾說過，人必須藉他人來確認自我。如果那是正確的話，優子心裡想。

我的生命裡並沒有他人存在。

後記

村上龍

我在八〇年代創作《黃玉》這本短篇集的時候，書中登場的ＳＭ風塵女郎在日本這個共同體之中可說是一群特殊的人。個人認為，她們應該是藉由在ＳＭ這種帶有表演性質的性遊戲裡提供自己的身體的方式，凸顯自己在社會中的存在。換言之，是以近代的故事、個人史作為背景而非主題，在這一點上面對我而言是小說的新嘗試。

最近這些年，我以虐待兒童、

殺人、自殺念頭、身體打洞穿環，以及援助交際等負面的題材來創作小說，好像最後就發展成了這一本《LINE》。

《黃玉》書中SM風塵女郎所背負的精神上的空洞，如今儼然已經成為社會各個階層所有，司空見慣的現象了。這些人不會表達。在近代化已然結束的現代日本，籠罩全國的孤寂是有史以來未有的現象，使用目前所有的話語與文脈已經無法表達。彷彿遭到監禁的閉塞感，以及想要將自己與社會割離的強烈念頭不斷交錯空轉。

在這樣的時代，寫實作品已然失效。此外，由於近代化已經結束，個人以為近代文學也應該消滅才對。文學不應該凌駕在那些無法表達的人之上，也不能僅止於描繪他們的空洞。文學應該是驅使想像力，借用故事的結構，將他們的話語翻譯出來。

在本書中登場的優子，其實是以一個真實人物為藍本所塑造的角色。當然，她並不具有解讀電線中流動訊號的能力，可是在下筆時給我非常多啓發。

在此向她表達感謝之意。

一九九八年七月十二日　橫濱

村上龍

國家圖書館出版品預行編目資料

Line／村上龍著；張致斌譯.－－初版.－－臺北市：大田出版；臺北市：知己總經銷，民96
面；　公分.－－(日文系；010)
譯自：ライン
ISBN 978-986-179-034-3(平裝)

861.57　　　　95026434

日文系010

Line

作者：村上龍
譯者：張致斌
發行人：吳怡芬
出版者：大田出版有限公司
台北市106羅斯福路二段95號4樓之3
E-mail:titan3@ms22.hinet.net
http://www.titan3.com.tw
編輯部專線（02）23696315
傳真（02）23691275
【如果您對本書或本出版公司有任何意見，歡迎來電】
行政院新聞局版台業字第397號
法律顧問：甘龍強律師

總編輯：莊培園
主編：蔡鳳儀／編輯：蔡曉玲
企劃統籌：胡弘一／企劃助理：蔡雨蓁
網路編輯：陳詩韻
校對：謝惠鈴／張致斌／陳佩伶
印製：知文企業（股）公司・(04)23595819-120
初版：2007年（民96）二月二十八日
三刷：2007年（民96）三月二十日
定價：新台幣220元

總經銷：知己圖書股份有限公司
（台北公司）台北市106羅斯福路二段95號4樓之3
TEL:(02)23672044・23672047　FAX:(02)23635741
郵政劃撥帳號：15060393
（台中公司）台中市407工業30路1號
TEL:(04)23595819　FAX:(04)23595493

國際書碼：ISBN 978-986-179-034-3 /CIP: 861.57 / 95026434
Printed in Taiwan

廣	告	回	郵

北區郵政管理局登
記證北台字1764號

免貼郵票

大田出版有限公司　編輯部收

地址：台北市106羅斯福路二段95號4樓之3

電話：（02）23696315-6　傳真：（02）23691275

E-mail：titan3@ms22.hinet.net

地址：

姓名：

＊請沿虛線剪下，對摺裝訂寄回，謝謝！

TITAN
大田出版

智　慧　與　美　麗　的　許　諾　之　地

＊請沿虛線剪下，對摺裝訂寄回，謝謝！

閱讀是享樂的原貌，閱讀是隨時隨地可以展開的精神冒險。

因爲你發現了這本書，所以你閱讀了。我們相信你，肯定有許多想法、感受！

讀 者 回 函

你可能是各種年齡、各種職業、各種學校、各種收入的代表，
這些社會身分雖然不重要，但是，我們希望在下一本書中也能找到你。

名字／＿＿＿＿＿＿＿ **性別／**□女 □男　**出生／**＿＿＿年＿＿＿月＿＿＿日

教育程度／＿＿＿＿＿＿＿＿＿＿

職業：□ 學生　□ 教師　□ 內勤職員　□ 家庭主婦
□ SOHO 族　□ 企業主管　□ 服務業　□ 製造業
□ 醫藥護理　□ 軍警　□ 資訊業　□ 銷售業務
□ 其他＿＿＿＿＿＿＿＿

E-mail/＿＿＿＿＿＿＿＿＿＿＿＿＿＿電話/＿＿＿＿＿＿＿＿

聯絡地址：＿＿＿＿＿＿＿＿＿＿＿＿＿＿＿＿＿＿＿＿＿＿

你如何發現這本書的？　**書名：**Line

□書店閒逛時＿＿＿＿＿書店 □不小心翻到報紙廣告（哪一份報？）＿＿＿＿＿＿

□朋友的男朋友（女朋友）灑狗血推薦 □聽到 DJ 在介紹＿＿＿＿＿＿＿＿＿

□其他各種可能性，是編輯沒想到的＿＿＿＿＿＿＿＿＿＿＿＿＿＿

你或許常常愛上新的咖啡廣告、新的偶像明星、新的衣服、新的香水……
但是，你怎麼愛上一本新書的？

□我覺得還滿便宜的啦！ □我被內容感動 □我對本書作者的作品有蒐集癖
□我最喜歡有贈品的書 □老實講「貴出版社」的整體包裝還滿 High 的 □以上皆非 □可能還有其他說法，請告訴我們你的說法

＿＿＿＿＿＿＿＿＿＿＿＿＿＿＿＿＿＿＿＿＿＿＿＿＿＿＿＿＿＿

你一定有不同凡響的閱讀嗜好，請告訴我們：

□ 哲學　□ 心理學　□ 宗教　□ 自然生態　□ 流行趨勢　□ 醫療保健
□ 財經企管　□ 史地　□ 傳記　□ 文學　□ 散文　□ 原住民
□ 小說　□ 親子叢書　□ 休閒旅遊□ 其他＿＿＿＿＿＿＿＿＿＿

一切的對談，都希望能夠彼此了解，否則溝通便無意義。
當然，如果你不把意見寄回來，我們也沒「轍」！
但是，都已經這樣掏心掏肺了，你還在猶豫什麼呢？
請說出對本書的其他意見：

大田出版有限公司編輯部 感謝您！